書下ろし

詐《いつわり》

蛇杖院《じやじよういん》かけだし診療録

馳《はせ》月《つき》基《もと》矢《や》

祥伝社文庫

目次

押上村
荒れ寺
青文寺
小梅村
源森川
駒形長屋
吾妻橋
業平橋
浅草寺
東本願寺
蛇杖院
本所吉岡町
片葉庵
中之郷
三笠町
浅草見附
（浅草御門）
馬喰町
回向院
両国広小路
竪川
横川
織姫屋
小名木川
佐賀町
深川西永町
光鱗寺
大川
深川
鉄砲洲稲荷
北
西
東
南

『詐《いつわり》』の舞台
根津
不忍池
神田佐久間町
新李朱堂
神田川
麹町
長山家
坂本家
通旅籠町
雲母橋
日本橋
江戸城
北町奉行所
南町奉行所
日本橋瀬戸物町
唐物問屋　烏丸屋

『詐《いつわり》』主な登場人物

長山瑞之助……二十三歳。新米の医者。もとは旗本の次男坊で、何者にもなれない自分に悩んでいた。特に小児の命を救える医者になりたいと考えている。

堀川真樹次郎……二十八歳。蛇杖院の漢方医。気難しいが、面倒見はよい。瑞之助の指導を任されている。江戸最大の医塾である実家との不和は未解決。

鶴谷登志蔵……二十九歳。蛇杖院の蘭方医。肥後、熊本藩お抱えの医師の家系ながら、勘当の身。剣の腕前も相当で、毎朝、瑞之助を稽古に駆り出す。

玉石……三十六歳。蛇杖院の女主人。長崎の唐物問屋・烏丸屋の娘。蘭癖（オランダかぶれ）で、蛇杖院も、道楽でやっていると思われている。

泰造　……十三歳。蛇杖院の下男。下総の農村出身だが、人買いに江戸に連れてこられた所を、登志蔵らに救われた。

相馬喜美　……十二歳。旗本相馬家の長女。瑞之助の姪。負けん気が強く、きちんと自己主張する。駒千代を蛇杖院に託すことを提案した。

沖野駒千代　……十二歳。小児喘息を患う旗本の少年。喜美の許婚。沖野家でいないもののように扱われてきたせいか、誰にも心を開かない。坂本陣平は母方の従兄。

序

　ドン、と大きな音が長崎の町に響いた。六つの春彦《はるひこ》はびっくりして、姉にしがみついた。

「姉さま、おとろしか。海が吠《ほ》えた」

　おとろしか――長崎訛《なま》りで「怖い」というのが、その頃の春彦の口癖《くちぐせ》だった。実のところ、さほど怖いとは思っていなくとも、すぐに「おとろしか」と声を上げていた。春彦が怯《おび》えてみせれば、必ず姉が構ってくれたからだ。

　八つ年上の姉は身を屈《かが》めると、春彦を抱《かか》え上げた。

「おとろしゅうなか。オランダ船が、今年も来たぞと、あいさつしてくれただけたい」

「あいさつ？」

「船が空砲ば撃《う》ったと。海は吠えとらん。おとろしゅうなかよ、春彦」

　春彦が六つだったから、享和《きょうわ》元年（一八〇一）のことだ。初秋七月のしつこい暑さの中、その年も二艘《そう》のオランダ船は長崎の沖合に姿を見せた。

長崎湊《みなと》は深い湾の最奥にある。湾の出入り口は狭《せま》く、陸の山手から一望のうちに収めることができる。さながら天然の関所である。

訪れる異国船はすべて、その関所の要《かなめ》となる無人島、高鉾島《たかぼこじま》のあたりで一時停泊するのが定めだ。

オランダの国旗を高々と掲《かか》げた船もまた、ここで役人と通詞《つうじ》による照会を受ける。幾重《いくえ》もの確認を経《へ》て、まさしくオランダ船であると認められてから、ようやく長崎湊への入港が許されるのだ。

「ご覧、春彦。船がいっぱいおるよ」

「あの大《ふと》か船は何？」

「福岡藩の御番船《ごばんせん》たい。おかしか船が長崎に入ってこんように、見張ってくれよっと。去年は佐賀藩、今年は福岡藩、来年はまた佐賀藩と、お武家さんたちが代わりばんこに来て、長崎ば守ってくれるとよ」

ふぅん、と春彦は歌うように唸《うな》ってみせた。お武家さんは刀を差した偉い人だ、ということは知っている。偉い人たちが大事にしてくれるのだから、長崎の町が特別なのだということもわかる。

海に繰り出しているのは、福岡藩の紋《もん》を掲げた番船ばかりではない。長崎や近隣の漁師が客を取って舟に乗せ、湾のあちこちに碇《いかり》を下ろして、オランダ船の入港を待ちかまえている。陸より近いところで見物しようというのだ。

「オランダ船からの荷下ろしが始まったら、長崎じゅう、どこもかしこも忙しゅうなるばい。商いの品ば船から艀《はしけ》に移して、出島《でじま》に運び込むと。お役人は出島で荷の吟味《ぎんみ》にあたる。通詞はもっと忙しか。荷の目録やら、上さまへの手紙やら、いろいろ訳さんばならんけんね」

「つうじ？」

「オランダ人は、わたしたち日ノ本《ひのもと》の人とは違う言葉ば話すと。通詞は、オランダと日ノ本、両方の言葉がわかる人。わかるようになるごと、いつも学んで励んどっとよ」

姉の言うオランダ人という人たちのことは、何となく知っていた。間近に見たことはまだなかったが、茶色や黄金《こがね》色の髪だとか、青や緑の目だとか、ぴかぴかする色を生まれ持った人たちだ。

「何でオランダ人は違う言葉ば話すと？」

「オランダ人だけじゃなかとよ。世界じゅうにいろんな国があって、それぞれ違う言葉ば使いよると。日ノ本は、世界にたくさんある国のうちの一つよ」

「ふぅん」

凪《な》いだ海が日差しの照り返しできらめいていた。まぶしさに目を細める姉の横顔が、春彦の脳裏《のうり》に焼きついている。

「おまえも少しオランダ語ができるとよ。唄《うた》、覚えとるやろ?」

明るく弾《はず》んだ調子の唄を、姉が口ずさむ。春彦のお気に入りの唄だ。暗い響きの子守唄はじんわりと悲しい気持ちになるから嫌いで、姉が歌ってくれるこの唄がいっとう好きだった。

それがオランダ語のわらべ唄だと春彦が知るのは、もうしばらく後になってからだ。手習所に通い始める八つの頃である。その頃には、ある程度の読み書きと会話なら、オランダ語も和語と同じくらいできるようになっていた。

オランダ語のわらべ唄といろは《アルファベット》の読み書きは、姉から教わった。通詞の家柄でもないのに、そんじょそこらの通詞見習いでは太刀《たち》打ちできないほど、姉はオランダ語が達者だったのだ。

春彦はその姉を慕《した》って、ついて回っていた。姉こそが春彦の人生を拓《ひら》いてくれた人だ、と言ってもいい。

文政《ぶんせい》六年(一八二三)七月のオランダ船の来航は、長崎においては特別な意味合いを持っていた。二十八の春彦も、このときを心待ちにしていた。

新たな仕事に携《たずさ》われるかもしれない。それも、日ノ本の歴史において、今まで誰も触れてさえこなかった仕事である。

先頃受け取った次期商館医から通詞一同宛《あ》ての手紙には、自信満々の言葉が書き連《つら》ねられていた。

「この私が着任し、与えられた任務に着手したならば、出島と長崎、ひいては日ノ本の学問の様相をすっかり塗り替えることになるでしょう！」

ヨーロッパの商館医とは、読んで字のごとく、出島のオランダ商館付きの医者である。ヨーロッパの医術を用いて、出島内の患者を治すのが本来の務めだ。

しかし、時としてその務めに留《とど》まらない者も現れる。日ノ本の事物への広い関心を持ち、草木や医薬などの蒐集《しゅうしゅう》を試みるのだ。むろん、商館医ひとりで果たせることではない。目的を達するためには、日ノ本側の協力者が必要となる。

日ノ本の蘭学者《らんがくしゃ》にとっては、またとない機会といってよいだろう。商館医の求めに応じて草木などの蒐集を手伝うならば、ヨーロッパの知と学をじかに授《さず》かることがかなうのだ。

こたびもまた、そうした機会となりうる。

その知らせは半年以上も前から、江戸や京や大坂にばらまいてきた。知らせに食いついた蘭学者たちは、すでに長崎入りを果たしている。新たな商館医のもとで学びを究《きわ》めようというのだ。

春彦は今、出島の物見櫓《ものみやぐら》からオランダ船の姿を眺《なが》めている。

「さて、とうとう始まるわけだな」

江戸から戻ったのは五日ほど前だ。江戸の外《はず》れの小梅村《こうめむら》を拠点にしつつも、のんびりと腰を落ち着けてはいられなかった。関八州《かんはっしゅう》を飛び回り、これぞという蘭学者を探し求めていたのだ。

そうした旅の間に、蘭学がひなびた田舎《いなか》にも存外伝わっているという手応《てごた》えを得た。蘭学をかじった農学者が田舎に隠棲《いんせい》し、貧しい百姓《ひゃくしょう》の田畑を何とかして肥《こ》やそうと試みている。そういう村もあった。

「できる限りの下ごしらえはやってきたからね。あとは、新たな商館医どのがどこまで暴れてくれるか、お手並み拝見といこうかな」

小梅村で親しくなった、お人好《ひとよ》しの新米医者の顔を思い出す。一緒に長崎へ行かないかと誘ってみたのだ。もしも連れ帰ることができていたら、きっと春彦の隣で海を見て目を輝かせていたことだろう。

扇形《おうぎがた》をした築島である出島は、南側が海に向かって開けている。おかげで、南の並びにある建物は、窓からの眺めがよい。

出島の中で最も見晴らしがよいのが、この物見櫓だ。ヘトル部屋、すなわち商館長次席が住む屋敷の屋根の上に設けられている。

物見櫓に至るには、狭苦しく急な階《きざはし》を上っていかねばならない。小姓《こしょう》の少年たちはこの階を上り下りするのを喜ぶが、大人は大抵《たいてい》、煩《わずら》わしがる。見張りの仕事であるとか、若い遊女にねだられたとかでない限り、上りたがらない。

春彦はこの場所が好きだ。二十八にもなって子供のようなことを、と年嵩《としかさ》の通詞に笑われたりもするのだが。

「人が寄りつかないところに身を置いて、一人きりで潮風に吹かれるのが心地《ここち》いいんだ」

そう独《ひと》り言《ご》ちた矢先である。

誰かがヘトル部屋の窓辺に立った。この屋敷にはヘトルの名が冠《かん》せられているが、その実、幾人かの商館員が集《つど》い住んでいる。人の気配が現れたのは、遊戯《ゆうぎ》部屋の窓だ。

何気なく見下ろすと、その人は窓から身を乗り出して、春彦のほうを見上げていた。

「おお、春彦くん！　やはりそこにおったか。櫓の上は暑くないかね？」

潮嗄《しおが》れした声は実に大きい。春彦の居所は出島じゅうに知れ渡ったことだろう。やれやれ、と春彦は胸の内でつぶやいた。

「ブロンホフさま、ごきげんよう。ここ、風が気持ちいいんですよ。毎年こうして見物していますが、やはり、長崎湊に入ってくるオランダ船の姿は優美なものですね」

商館長のヤン・コック・ブロンホフは、まさしく、と応じた。

「うむ、よい眺めだな。儂《わし》は、二月《ふたつき》後にはあの船で長崎を去らねばならん。それが寂しくてかなわんよ」

「清々《せいせい》していらっしゃるのでは？　出島の暮らしは面倒事が多いでしょう」

「面倒事を上回るくらい、愉快《ゆかい》なこともたくさんあったぞ。春彦くん、曲者《くせもの》の君と話すのは実に刺激的で楽しい」

「曲者だなんて、何をおっしゃいますやら」

ブロンホフこそ、海千山千《うみせんやません》の曲者である。数えで四十五の、脂《あぶら》ののった男だ。

二十年ほど前から、ヨーロッパは動乱が相次いでいた。その直接のきっかけは、フランスで民《たみ》が蜂起《ほうき》したことだ。暴動がそこかしこで起こり、王族が相次いで首を刎《は》ねられる事態と相成《あいな》った。その後、軍人ナポレオンが立ってフランスを統一。のみならず、ヨーロッパ全土へと勢力を広げた。

こうした動乱の波を受け、オランダという国も平穏ではいられなかった。一時は国の名が世界図から消えてしまいもした。

動乱はヨーロッパにとどまらず、東洋にまで飛び火した。長崎においては、イギリス船がオランダ船のふりをして湾内に乗り込んできたこともある。出島にはなお、オランダ国旗が掲げられていた。商館の面々も長崎の役人たちもオランダの劣勢あるいは敗北、消滅を知りながら、表向きには隠し通した。

ブロンホフは、動乱のヨーロッパを生き抜いてきた男である。若い頃はオランダを離れ、異国プロイセンの軍に入隊。その任務の一環で、一時はイギリスで過ごしていた。ゆえにプロイセン地方の言葉も、イギリスで使われているアンゲリア語も堪能である。

出島オランダ商館とイギリスとの間に南洋の領地バタヴィアをめぐる争いが起こったとき、ブロンホフは単身、調停の使者として長崎を発《た》った。イギリス軍に捕縛《ほばく》されてオランダに送還されたというが、ほどなく出島商館長に抜擢《ばってき》され、長崎に再び姿を現した。

再度の長崎来訪の際、ブロンホフは妻子を伴《ともな》って出島に上陸しようとした。前《ぜん》代未聞《だいみもん》の珍事である。遊女以外の女が出島に立ち入ることは許されていない。

結局、ブロンホフの妻子は一か月後の船でバタヴィアへ送り返された。しかし、白い肌と明るい色の髪の夫人、ティティアの美しさは長崎の民に鮮烈な印象を与えた。あれから六年経《た》った今でも、紅毛《こうもう》夫人を描いた絵は、長崎土産《みやげ》として人気が高い。

つまりはティティアの絵を通して、ブロンホフは長崎の、ひいては日ノ本の絵画の歴史に存在を刻《きざ》みつけたのだ。妻子のことを問われれば、とぼけた態度で応じるのが常だが、すべてわかった上でのことに違いない。食えない男なのだ。

そのブロンホフが新たに入れ込んでいるのが、次なる商館医である。

「彼はな、我らがブック派の切り札なのだ」

ブック派か、財布派か。出島やバタヴィア総督府のオランダ人は、二派に分かれて相争っている。

亡国の憂《う》き目を見た祖国の役に立つべく、遠い東洋の異国の地で任務を果たす。その使命を至上とする点においては、ブック派も財布派も違いはない。

だが、たどるべき道筋が異なり、相容《あいい》れないのだという。

ブック派には、蘭学の普及にかこつけて日ノ本におけるオランダの力を増し、商いを拡大させる目論《もくろ》みがある。同時にまた、ヨーロッパで珍重《ちんちょう》される日本学を充実、発展させることを急務と掲げている。日本学という切り札を用いて、ヨーロッパにおけるオランダの地位を改めて固めようというのだ。

財布派は、商いをより重んずる考え方だ。砂糖の取り引きの拡大を推《お》し進めることこそ第一であり、徳川《とくがわ》幕府が設けた制限の撤廃を目指さねばならぬ。日ノ本でも砂糖の生産は始まっており、薩摩《さつま》経由で琉球《りゆうきゆう》の砂糖も入っている。それでもなお、オランダ船がもたらす砂糖が最も高値で取り引きされるのだ。

とはいえ、財布派に属する商館員も、通詞にねだられた書物を律儀《りちぎ》に発注するのだから他愛《たあい》ない。日ノ本との直接の窓口役となる通詞を手なずけるためには、やはり砂糖だけでは事足りない。

ブック派もまた然《しか》りである。愛らしい遊女をその気にさせるには、蘭学の書物など何の役にも立たない。真っ白な砂糖を贈るのがいちばんよい。遊女は砂糖を売って、好みの着物や小間物を手に入れる。

結局のところ、出島のオランダ人にとって、選び取れる道がいくつもあるわけではない。ブックだ財布だと派閥を掲げて意地を張り合う姿は、箱庭の中の遊戯のよう。いっそ滑稽《こつけい》ですらある。

だが、滑稽でありながら愛らしくもある、と春彦は思う。髪や肌や目の色、話す言葉やあいさつの仕方、衣食住のあらゆる点が違っていても、人間というものの本質はさほど違わない。それが感じられるから、春彦は出島の人々が好きだ。

「次はどんな人たちが着任するんでしょうね」

「楽しみかね？」

「もちろんです」

「だが、春彦くん。商館長のスチューレルには重々気をつけたまえよ。あの男はあちら側だ。我々が力を持ちすぎぬよう、ひっかきまわしてくるだろう」

「それでも、ブロンホフさまの策を完全に撤回するほどの力はないのでしょう?」

「撤回するつもりはないはずだ。長崎における蘭学の伸展を口実として日蘭《にちらん》の学問交流を広げ、ヨーロッパに最新の日本学を持ち帰る。このことは重要だ。ヨーロッパにおいて、日本学は垂涎《すいぜん》の的《まと》だからな。オランダ再興の切り札となりうるのだ。ブック派から出た策とはいえ、財布派もその有効性は理解しておるよ」

なるほど、と、うなずいてみせる。やはり滑稽だとも思う。

ならば春彦もまた滑稽だろう。通詞の中には本気で二派の争いに心を燃やしている者もいるが、春彦は「興じている」と自認している。

「要するに、道楽だ」

姉を思い出しながら、口の中でつぶやく。

江戸に居を移した姉は、大枚《たいまい》をはたき、命を懸《か》け、心をすり減らしてまで診療所を営んでいる。変わり者、はぐれ者の医者ばかりが集う梁山泊《りょうざんぱく》だ。それを指して、姉は、ただの道楽とうそぶくのである。

姉の真似《まね》をして、道楽という言葉を使ってみれば、少しはその想《おも》いに近づけるだろうか。

ブロンホフが改めて春彦に告げた。

「新たな商館医と仲良くしてやってほしい。春彦くんと同い年だそうだ。まあ、初めは言葉が馴染《なじ》まんかもしれんがな。何しろ、高地オランダの出身で、いまだ訛りがきついそうだ」

「へえ。オランダは海より低い土地ばかりの国だと聞きましたけれど、高地オランダというところもあるのですか?」

からかう口調で尋《たず》ねてみる。ブロンホフはにやりとするばかりで答えない。

つまり、新たな商館医もオランダ人ではないわけか、と春彦は察した。かつて日ノ本に名を馳《は》せた出島の賢人、ケンペルもツュンベルクもその実、オランダ人ではなかったという。

問題あるまい。高地オランダなどと言われて疑問を持つ者は、役人連中にはいないだろう。

「あらかじめお聞きしていた名の読みは、普通のオランダ語でしょう。その呼び方でよろしいんでしょうか?」

「ああ、差し支《つか》えない。覚えておるかね?」

「むろんです。長いお名前ですが」

春彦は、呪文のようなその名を唱えた。箱庭のような出島に新たな風を吹き込む呪文に相違なかった。

その名は、フィリップ・フランツ・バルタザール・フォン・シーボルトという。

第一話　新しい風

一

髪を結ってもらう夢を見た。

ほどいた髪を櫛《くし》で梳《す》き、油を塗って艶《つや》を出す。細い指で瑞之助《みずのすけ》の髪を束《たば》ねながら、おそよは「いい色ですね」と言った。

瑞之助は苦笑した。

「年寄りのような髪でしょう。若白髪《わかしらが》は父方の血筋なんです」

去年の秋頃から急に白髪が増えてしまった。齢《よわい》二十三にして半白の髪だ。

だが、おそよは瑞之助の頭を優しく撫《な》でてくれる。

「わたしはこの色が好きですよ。ほかの誰とも違うから、遠くからでも、すぐに瑞之助さんを見つけられます」

「だったら、よかった」

瑞之助は照れくさくなり、目を伏せてじっとしていた。おそよの指が耳をかすめたり、首筋の後れ毛をすくい取ったりする。温かい。くすぐったい。

きちんと目が覚める前から、これは夢だとわかっていた。

おそよは、すでにこの世にいないのだ。出会ったときには不治の病《やまい》に侵《おか》されており、一人で身を起こしておくことができなかった。腕すら持ち上がらず、筆を握る力も次第に失われていった。

瑞之助は明け六つ（午前六時頃）の鐘を聞きながら布団の上に身を起こし、自分の頭に触れてみた。

「すっかり甘えてしまった。夢とはいえ、照れくさいな」

こんな夢を見たなどと、とても人に明かせるものではない。だが、嬉《うれ》しかった。つい頰《ほお》がにやけてしまう。

瑞之助は布団を畳み、身支度《みじたく》を調《ととの》えた。表ではもう、女中頭《がしら》のおけいが働き始めた気配がある。

文政六年（一八二三）七月である。二日が立秋《りっしゅう》だったが、いまだ夏の暑さが続いている。

「今日もまた、暑気中《しょきあた》りの患者が多いのかな」

腹を下《くだ》したという患者も多いことだろう。暑い季節には、食べ物が傷《いた》みやすい。腐りかけたものをうっかり食べてしまい、腹痛で七転八倒する者が出る。

瑞之助は部屋の戸を開けた。しっとりと露《つゆ》を含んだ朝の風が頬を撫《な》でた。

江戸の北東の外れ、小梅村の業平橋《なりひらばし》のすぐそばに、蛇杖院《じやじよういん》という診療所がある。田畑に囲まれ、広い敷地を持つ蛇杖院は、はぐれ者にして腕利《うでき》きの医者の巣窟《そうくつ》として、江戸でしばしば噂《うわさ》になる。

長山《ながやま》瑞之助は新米の医者である。幼子の病を治せる医者になりたいと願っているが、まだまだ駆け出しの身だ。学ぶべきことの尽きない日々を送っている。

もともと瑞之助は旗本《はたもと》の次男で、家督を継《つ》いだ兄の下《もと》で厄介《やつかい》の身だった。その鬱屈《うつくつ》した暮らしに別れを告げ、半《なか》ば家出のような形で蛇杖院に住み着いたのが二年余り前、文政四年（一八二一）の晩春である。

蛇杖院の主《あるじ》は玉石《ぎよくせき》といって、長崎に本店を持つ唐物《からもの》問屋、烏丸屋《からすまや》の娘だ。凄《すさ》まじいまでの金持ちで、道楽のために蛇杖院を営んでいる。

患者は治療のお代や薬代を盆と暮れの掛け払いで持ってくるはずだが、細かなところは瑞之助にもわからない。医者には月々、定まった額の給金が玉石から払われている。住まいは、敷地内にある長屋だ。

玉石の目にかなって蛇杖院に集められた医者は七人。漢方医の堀川真樹次郎《ほりかわまきじろう》、蘭方医《らんぽうい》の鶴谷登志蔵《つるやとしぞう》、産科医の船津初菜《ふなつはつな》、拝《おが》み屋《や》の桜丸《さくらまる》、僧医の岩慶《がんけい》、按摩師《あんまし》のりえ、そして小児を診《み》る医者として駆け出しの瑞之助である。

蛇杖院には、患者が寝泊まりして療養できる備えもある。その身のまわりの世話をすべく、女中六人と下男二人が働いている。皆それぞれに訳ありだが、働き者で頼もしく、気のいい人々だ。

夕方近くになって、瑞之助は玉石に呼び出された。

「悪いが、ひとっ走《ぱし》り、烏丸屋へ行ってきてくれないか。この手紙を叔父《おじ》に……烏丸屋の主に届けてほしいのと、明日までに入り用の品があるのを思い出した。明日は、おふうとおうたの三味線《しゃみせん》の稽古《けいこ》の日だからね。秋の七草の簪《かんざし》が二揃《そろ》え、簞笥《たんす》に入っているはずなんだ。わたしが娘の頃に使っていた簪でね」

玉石は男のようなしゃべり方をする。今日の身なりも男装といってよい。髪だけは女の結い方をしている。歳《とし》は、確か三十六。

すらりとした長身の玉石は、人目を惹《ひ》く美貌の持ち主だ。誰にも媚《こ》びなど売らず、しゃんと背筋を伸ばして我が道を行くのが、そんじょそこらの男よりよほど格好がよいと、近頃では若い娘に人気があるらしい。

瑞之助は玉石から手紙と書付を受け取り、日傘を差して蛇杖院を後にした。

大川《おおかわ》沿いの本所横網町《ほんじよよこあみちよう》あたりまで出てみると、夕涼みに繰り出す人々でにぎわっていた。両国橋《りようごくばし》の人混みは言わずもがなである。

江戸では、毎年五月二十八日から八月二十八日までの間、大川端《おおかわばた》の店が夜《よ》っぴて開いている。夕涼みの川舟が行き交《か》い、毎晩のように花火が上がる。時折、人混みの中で喧嘩《けんか》が始まる。すりが出た、と大騒ぎになることもある。

「このあたりは毎日が祭りみたいだ」

瑞之助はたじたじになりながら、どうにか人混みを抜けた。生まれ育った麹町《こうじまち》は、武家屋敷が立ち並ぶ閑静《かんせい》なところだ。お供を連れずに一人で出歩くことには慣れたが、町人地の人の多さには相変わらず閉口してしまう。

烏丸屋は、日本橋《にほんばし》の瀬戸物町《せとものちよう》に大店《おおだな》を構えている。江戸の唐物問屋としては五指に入る名店だ。本店は長崎にあり、大坂や馬関《ばかん》にも支店があるという。

唐物とはいうものの、品揃《しなぞろ》えは唐土《もろこし》渡りのものに限らない。オランダ船や唐船によってもたらされた珍品、ヨーロッパから南洋までのさまざまな地域に由来する品々が、所狭しと店先に並べられている。

清《しん》国渡来とおぼしき、派手な隈取《くまどり》の仮面に目を惹かれていたら、手代《てだい》の江茂吉《えもきち》に声を掛けられた。

「瑞之助先生、何やお求めですか？」

「先生はよしてくださいよ。新米もいいところなんですから」

思わず苦笑してしまう。

同い年で大坂育ちの江茂吉は、爽《さわ》やかな人柄としっとりした美声が女客に人気だ。気取ったところがなく、瑞之助にとっても話しやすい相手である。

「謙遜《けんそん》せんでもええやないですか。新米でも何でも、蛇杖院のお医者さまでしょう？」

「でも、今日はただの使いっ走りですよ。こちら、玉石さんから烏丸屋の旦那さんへの手紙です。それから、簪を取ってきてほしいと頼まれました」

江茂吉は、瑞之助の差し出す手紙と書付を受け取った。書付には、簞笥のどこにどんな簪が入っているはず、というようなことが記されている。江茂吉は首をかしげた。

「手紙の件は承《うけたまわ》りました。旦那さまは奥におりますんで、すぐお届けしますわ。でも、簪のほうは、手前ではどうにもなりまへん。女中に訊《き》いて捜《さが》してきますさかい、少しお待ちください」

「よろしくお願いします」

奥の客間へ通してくれようとするのを断って、瑞之助は店先に留まった。清国渡来の高価そうな焼物や掛軸、赤く透き通るガラスの高坏《たかつき》、目を見張るほどに鮮やかな鳥の羽根、分厚い革の装丁の書物。烏丸屋に並べられた品物を眺めていると、時が経つのも忘れてしまう。

「船だ……」

オランダ船が入港する姿を描いた絵を見上げて、思わず嘆息《たんそく》する。白い帆を掲げた優美な姿だ。どれほどの大きさなのだろうか。想像もできない。

ふと、ほかの客の声が耳に飛び込んできた。

「この本の挿絵《さしえ》にあるような西洋の寝台というのは、やはりここにも置いていないんだな」

「そうですねえ。本物の舶来品となると、長崎の市中でも出回っていませんで、仕入れもできないのですよ」

客の相手をしているのは、烏丸屋の番頭の中でいちばん年下の聡兵衛《そうべえ》だ。おっとりしているものの、押し出しの強い客の前でも平然と振る舞うあたり、度胸が据《す》わっている。

わざわざオランダ渡りの本を持参した客は、二十《はたち》そこそこに見える。小太りの体形で、人当たりのよさそうな丸顔の男だ。

「あの人、医者だろうな」

瑞之助は独り言ちた。

男は月代《さかやき》を剃《そ》らず、儒者髷《じゅしゃまげ》を結っている。儒者や学者も似たような格好をしているが、医者かそうでないか、何となく気配で読み取れるものだ。

「まいったな。どうしても、こういうものがほしいんだが」

「職人に作らせることはできますよ。以前、蘭癖《らんぺき》のお武家さまからのご注文で、日ノ本にある材料を用いて、寝台をこしらえたことがございまして」

「本当か？　その職人に話をつけることはできるだろうか？」

「ええ。内神田《うちかんだ》の連雀《れんじゃく》町《ちょう》に工房がございます。ご案内いたしましょうか？」

「そうだな。どうしようか。ああ、いや、今日のところは結構だ。連れの者と吟味してみるよ。またこちらに買いつけに来よう」

医者らしき男はそそくさと烏丸屋を出て行った。

「誠にありがとうございます。どうぞご贔屓《ひいき》に」

礼儀正しく頭を下げながら、聡兵衛がどことなく怪訝《けげん》そうにしているのを、瑞之助は感じ取った。ちらりと目が合うと、ちょっと眉尻《まゆじり》を下げてみせる。今の客に何か引っかかるところがあるのだろうか。

江茂吉が桐《きり》の細長い小箱を手に、店に戻ってきた。

「瑞之助先生、お待たせしました。女中に頼んで、秋の七草の簪を出してきてもらいました。二揃え、こちらでええでしょうか？」

江茂吉が蓋《ふた》を開けて見せてくれる。花飾りがしゃらしゃらと揺れる細工で、いかにもかわいらしい。

「これで合っていると思います。玉石さん、おふうちゃんとおうたちゃんに使ってもらうと言っていたんですよ。なるほどな。これは確かに、おうたちゃんが喜びそうだ」

「でも、おふうちゃんには子供っぽすぎるんと違います？」

「おふうちゃんも、たぶんこういうのは好きですよ。まだ十四ですし。大人のようにしっかりしていますが」

「ほんまですか！　十六、七や思うとった。全然知らんと、馴《な》れ馴《な》れしい口を利いとりましたわ。あかん。やってもうたわ。ほら、歳の近い友達みたいな男やったら平気でも、大人やと怖いことってありますやろ？」

慌《あわ》てて言い募《つの》る江茂吉に、瑞之助も聡兵衛もくすりと笑った。

「江茂吉さんのことは、おふうちゃんも怖がったりなんかしていませんよ。烏丸屋から届け物をしに来る男の人の中でいちばん話しやすいのが江茂吉さんだ、と言っていましたし」

「お世辞やないなら、嬉しいことですわ。何にせよ、おなごの歳を上に見積もっとったやなんて、失礼千万でっしゃろ。次におふうちゃんと会うときは、どやされてまうやろな」

叱られてきなさい、と聡兵衛が江茂吉の肩を叩《たた》いた。

大げさに首をすくめる江茂吉がおかしくて、瑞之助はまた、ひとしきり笑ってしまった。

二

烏丸屋を辞し、さほど行かないあたりで、瑞之助は足を止めた。人垣ができている。往来の真ん中で何事かが起こっているのだ。

「もぐりの医者め！　我らの患者に無礼を働きおって！」

怒鳴り声が聞こえてきて、思わずびくりとした。

「まさか、医者同士の喧嘩か？」

瑞之助は伸び上がった。並の男よりいくらか背が高いので、人々の頭越しにその様子が見えた。

禿頭《とくとう》の若者が尻もちをついた格好で、取り囲む者たちを見上げている。僧の出《い》で立《た》ちではない。頭を剃っているのも、総髪の儒者髷と同様、医者の証《あかし》だ。

若者を取り囲んだ者たちは、揃いの十徳《じっとく》をまとっている。十徳は黒い紗《しゃ》の上着で、医者や儒者がきちんとした場などで身につけるものだ。蛇杖院では、登志蔵が往診の際、羽織の代わりに着ていることがある。

やはり、双方ともに医者なのだ。

もぐりの医者と罵《ののし》ったのは、十徳をまとった者たちのようだ。禿頭の若い医者がただ一人、往来で泥まみれにされ、責められているらしい。

だが、若者も黙ってやられているばかりではなかった。

「うるせえ！　俺をもぐり呼ばわりしやがるのは結構だが、てめえら、もぐりの医者より役に立ってねえじゃねえか！　何さまのつもりだ、ああ？　てめえらの患者がてめえらを見限って、俺を選んだんだよ！」

「黙れ、宿なしが！　大きな口を利くな！」

十徳の連中のうちの一人が、手にした杖を振り上げた。野次馬《やじうま》が、うわ、と声を上げる。瑞之助も思わず足が前に出た。だが、割って入るには遠い。

杖が振り下ろされる。

若者はすかさず腕を掲げ、杖を打ち払った。剣術の心得がある者の動きだ。

「痛《いて》ぇな」

ひどく静かな声で、若者が言った。音もなく立ち上がる。腰には大小の刀。痩《や》せてはいるが、肩幅が広く上背《うわぜい》もある。若者は十徳の連中を見下ろし、しなやかな動きで身構えた。

十徳の連中は顔を見合わせた。杖を持ったり髭《ひげ》を生《は》やしたりしているが、年寄りではない。あえて老けて見せかけることで威厳をまとおうというのだろう。へっぴり腰になりながら、なおも若者を責め立てようとしている。

「ど、どうせその刀も竹光《たけみつ》であろう。金に困った田舎者めが、他人の患者を奪うとは実に不届き千万！　赦《ゆる》しがたい振る舞いであるぞ！」

「俺は奪ったりなんかしてねえ。患者が選んだっつってんだろうが。耳が悪いのか頭が悪いのか知らねえが、人の話はきちっと聞きやがれ、藪医者《やぶいしゃ》どもが」

「言わせておけば……！」

杖がまた振り上げられる。びゅっ、と風が唸《うな》る。若者は腕で受けるが、その隙《すき》に逆側に回り込んだ別の者がいる。その手にも杖がある。

瑞之助は日傘を畳んで人垣を掻《か》き分け、前に出た。往来で医者同士のいさかいが起こっているところなど、とても見ていられなかった。一人きりで抗《あらが》っている若者を放ってもおけない。瑞之助は声を張り上げた。

「ちょっと、すみません！　ああ、やっぱりそうだった。こんなところにいたのか。捜していたんだぞ」

芝居である。若者の顔をのぞき込んで笑ってみせる。

若者が、もともとぎょろりとした目を、さらに大きく見開いた。何か言いかけたところで固まる。勘違いでなければ「あに」と聞こえた。兄貴とでも言いかけたのか。ならば、そういう筋書きでいくべきか。

瑞之助の肩を、十徳姿の医者がつかんだ。

「おぬし、こやつの知り合いなのか？」

瑞之助は苦笑を頬に貼《は》りつけて振り向いた。

「ええ。待ち合わせをしていたんですよ。こういうことになったわけをお尋ねしてもいいでしょうか？　いや、その前に場所を移しましょう。往来で騒ぎを起こしていては、皆の妨《さまた》げになってしまいますから」

十徳の連中をぐるりと見回す。あっ、と声を上げた者がいた。

「二本差しに半白の髪……こやつ、蛇杖院の医者だ」

どよめきが人垣に広がる。あの悲恋の医者だよ、という声も聞こえた。

居心地《いごこち》が悪い。だが、瑞之助は平然としたふりをして耐えた。

後ろ指を差されることにも、白い目で見られることにも、もう慣れている。すべての人に信用されることなど、できはしない。本当に信頼を寄せてくれる人の心に応えられるなら、それでいいのだ。

十徳の連中は目配せをし合い、さっと背を向けて退散していった。人垣が崩れる。瑞之助や禿頭の若者を気にしながらも、声を掛けるでもなく、往来の流れがもとに戻っていく。

「やれやれ」

瑞之助は息をついて振り向いた。

禿頭の若者は、黙ったまま立ち尽くしていた。

やはり瑞之助よりも背が高い。六尺（約一八一センチ）ほどあるだろう。胸板の厚い立派な体軀《たいく》だが、ずいぶんと痩せている。ごつごつとした顔つきも、目の下や頰がこけているせいで、なおさら厳《いか》つく見えてしまう。

落ちくぼんだ眼窩《がんか》の中、二つの目は、強くまっすぐな光を宿していた。

「あんた、なぜ俺のことを助けた？」

「困っているように見えたからですよ。杖で打たれたところ、大丈夫ですか？」

「あんなもん、打たれたうちにも入らねえ。あんたも医者なんだろ。俺みてえなのに関わったって、自分のためにならねえぞ。あいつらは新李朱堂《しんりしゅどう》の医者だ。こいらはあいつらの縄張《なわば》りで、余計なことをすりゃあ、はじき出される」

声やしゃべり方の感じが若い。瑞之助より年下だろう。つっぱねるような調子が気掛かりだった。瑞之助は言葉から堅苦しさを取り払い、若者の目を見て微笑《ほほえ》んだ。

「今さら、はみ出してしまうことを恐れたってどうしようもない。聞いたことはないか？　はぐれ者ばかりが集う診療所が小梅村にある、と。蛇杖院という名の診療所なんだ。さっきの人たちも、私を蛇杖院の医者だと察して、面倒事を避けるように去っていった」

新李朱堂は、江戸の医塾の中では最大のものだ。瑞之助の師匠である漢方医の真樹次郎の実家だが、新李朱堂の長である父と仲違《なかたが》いして家を飛び出したのだという。そんな経緯もあるからか、新李朱堂は蛇杖院を避けている節《ふし》がある。

若者は眉をひそめた。

「あんたと関わると、そんなに厄介なのか」

「どうだろう。しかし、それ以前の暮らしと比べたら、やはり蛇杖院に加わってから厄介事に巻き込まれることが増えたな。あなたは、町の噂には疎《うと》いみたいだね。ひょっとして江戸に来て日が浅いのかい？」

若者はかぶりを振り、呻《うめ》くように、低い声を絞り出した。

「三年前から江戸で暮らしてる。でも、町の噂だの何だの、しょうもないことを気にしてる暇がなかった。だって、兄上が……」

そこまで言ったところで、言葉が音に掻き消された。腹の鳴る音である。若者は腹を押さえて目をしばたたいた。瘦せて丸みのない頰が赤くなっていく。

瑞之助はつい微笑んでしまいながら、若者の着物の埃《ほこり》を払ってやった。

「立ち話も何だな。何か食べに行こう。私も腹が減っているのだけれど、実は、一人で料理屋に入ったことがないんだ。一緒に来てもらえると助かる」

「……俺は金を持ってねえ」

「構わないよ。まだ名乗っていなかったね。私は蛇杖院の医者で、長山瑞之助という。あなたは？」

若者はぼそりと答えた。

「長英《ちょうえい》。高野《たかの》長英だ」

薬研堀《やげんぼり》に、つき屋という煮売屋《にうりや》がある。眼光鋭く、頰にねじれた傷のある親父《おやじ》の昭兵衛《あきべえ》が、十三の息子の元助《もとすけ》と二人で営んでいる店だ。

瑞之助は長英を連れて、つき屋を訪れた。

店内には床几《しょうぎ》が三つ置かれているばかりで、こぢんまりとしている。酒を飲みながら長居する男客もいるが、どちらかというと、得意客は女房衆が多いようだ。手鍋や皿などを持ってきて、お菜を買って帰るのである。

「ときどき、蛇杖院の先達《せんだつ》の登志蔵さんという人に連れてきてもらう店なんだ。

私はもともと武家の出で、二十一になるまで、一人で出歩いたことがなかった。あまり酒が強くないせいもあって、こういうところに一人で入ったためしが、いまだになくてね」

瑞之助は長英に言い訳がましく告げた。内心ではまごつきつつも、いつも登志蔵がするように、腹を満たせるものを二人ぶん、と注文する。酒も飲むかと尋ねたら、長英は頑《かたく》なにかぶりを振った。

「飯だけで十分だ。借りは返す」

「そう。返すあてができたら、小梅村の蛇杖院を訪ねてきてくれたらいい。長英さんも武家の出なんだね？」

「江戸の武士じゃねえがな。兄と一緒に、奥州《おうしゅう》の水沢《みずさわ》という小藩から出てきた。水沢は田舎だ。ろくな学びも得られねえ。だから、江戸で修業することにした」

「遠い地から出てきたんだね。苦労も多いだろう？」

「何をするにも金がかかりすぎらあ。兄が診療所を開いたんで、手伝ってたんだけどよ。まじめにこつこつやってるだけじゃ、世の中の早さについていけねえ。江戸では、正直者が馬鹿《ばか》を見らあな」

奥州の田舎育ちだというが、長英の言葉にはほとんど訛りがない。所作は武士らしく堅苦しい一方で、口から出るのは、いささか荒っぽい町人言葉だ。

おそらく、町人地で揉《も》みくちゃにされながら金策に奔走《ほんそう》し、兄の診療所を守《も》り立《た》てているのだろう。そうする中で、このべらんめえ口調が江戸の言葉として身についたのではないか。

長英は、腰から外して傍《かたわ》らに置いた自分の刀を大事そうに撫でた。

「あの連中には竹光だと馬鹿にされたが、こいつは本身の刀だ」

「いい刀なんだろう？　竹光ではなく、ちゃんとした重さがある刀だということは、体の使い方を見ればわかったよ。ずいぶん鍛《きた》えているんだね。さっきは腹が立っていただろうに、抜こうとはしなかった」

「刀を抜くほどの敵でもねえ。金で医者の肩書を買ったような、能無しのぼんくらどもだ。相手にするのもくだらねえ」

「ぼんくらか。そうかもね。江戸には医者が大勢いて、中には変な人もいる。権威を笠《かさ》に着て患者の思いを蔑《ないがし》ろにするような人が言うことなんて、真《ま》に受けなくていい。ただ、ちゃんと身を守るように。それだけは気をつけて」

長英はうなずき、それっきり黙ってしまった。

元助が次々と皿を運んできた。

「はい、お待ちどおさま。豆腐とこんにゃくの田楽《でんがく》と、芋《いも》の煮っころがし、青菜と油揚げの煮びたし、茄子《なす》の浅漬けです。ご飯と汁物も、もう持ってきていいですか？」

「よろしく頼むよ」

「合点《がってん》承知です」

元助は、声変わり途中の喉《のど》がいがらっぽいようで、咳払《せきばら》いをしながら台所に引っ込んだ。初めて会ったときは十一で、女の子と見まがうほどに華奢《きゃしゃ》で愛らしかった。ここ最近は、顔を合わせるたびに大人びて、男っぽくなってきている。

台所から身を乗り出すようにして、昭兵衛が瑞之助と長英に問うた。

「先生がたは、山鯨《やまくじら》はいけますかい？」

山鯨とは、猪《いのしし》のことだ。長英がうなずくのを確かめてから、瑞之助は「お願いします」と注文した。ほどなくして元助が白米と味噌汁とともに、猪肉の煮物を運んできた。

長英はほとんど黙々と食べていたが、瑞之助がいくつか問うたことには答えてくれた。

歳は二十。瑞之助より三つ下である。きょうだいが多いこともあり、母方の伯《お》父《じ》の養子として育てられた。郷里では養父の教えで按摩《あんま》の技と初歩の医学を身につけた。今は蘭方医術に興味があり、もっと学びたいと考えている。

「俺はまだ駆け出しだ。これからなんだ」

自分に言い聞かせるように繰り返していた。どれほど苦しくとも、武士としての意地、医者としての誇りを守り通そうと足掻《あが》いているのだ。その一途《いちず》さがかえって気掛かりだったが、それ以上深く尋ねることはできなかった。

腹を満たし、つき屋の前で長英と別れたときには、すでに日が落ちていた。

三

昨夜は珍しく、瑞之助が夕餉《ゆうげ》をよそで食べてきた。暗くなってから蛇杖院に戻り、しかも夕餉をすっぽかしたのに、事情を話したら女中頭のおけいも納得した顔をして、瑞之助を咎《とが》めなかった。

泰造《たいぞう》はちょっとおもしろくなかった。

「駆け出しだ、下っ端だと言われちゃいるけど、やっぱり瑞之助さんも大人だもんな」

十三の泰造では、そうはいかない。お使いの帰りに寄り道などしようものなら、どこで何をしていたのかと、女中たちにしつこく尋ねられ、小言を食らってしまう。

泰造は二年前から蛇杖院に住み込んで働いている。生まれは下総《しもうさ》の農村だ。貧しい村だった。口減《くちべ》らしのために、泰造は村を離れねばならなかった。

初めは、江戸の大人たちなんか信用するつもりもなかった。その一方で、仕事のできない役立たずだと思われるのも嫌だった。一つ年上のおふうに負けるわけにもいかなかった。だから、がむしゃらに働いてきた。

始まりはそんなふうだったが、今となっては、働くこと以外にも精を出せるものがある。

朝、なるたけ早く起きて水汲《みずく》みなどを急いで済ませ、剣術の稽古をする。武家の生まれでもないのに、本当にこんなことをしていいのかと、初めはびくびくしていた。でも、体を動かしているうちに、楽しさが勝《まさ》るようになった。

昼八つ（午後二時頃）過ぎに手が空《あ》けば、オランダ語を学ぶ。初めは字の形を覚えることすら難しく、役に立たないとも感じていた。けれどもだんだん、知らないことを知るという、それだけのことが楽しいと思えるようになってきた。

剣術もオランダ語も、師匠は蘭方医の登志蔵だ。瑞之助は、剣術においては兄弟子で、オランダ語においては弟分にあたる。今のところ、オランダ語の学び始めが早かった泰造に一日《いちじつ》の長《ちょう》があるが、瑞之助の呑《の》み込みのよさは凄まじい。ぎょっとすることもしばしばだ。うかうかしていたら、追いつかれてしまう。

毎日の習いとなった剣術稽古を終え、朝餉《あさげ》を食べてから、瑞之助がおうたに声を掛けていた。手にしているのは、玉石から預かったという簪の箱だ。

秋の七草がしゃらしゃらと揺れる簪を目にすると、八つのおうたは、ぱっと顔を輝かせた。

「きれい！　かわいい！　うたが髪に挿《さ》していいの？」

「いいよ、と玉石さんが言っていたよ。おふうちゃんとお揃いなんだって」

「瑞之助さん、やって！」

「えっ、私が？　簪の扱い方なんてわからないよ」

瑞之助が苦笑してこちらを向く。助けを求められても、泰造も困る。おうたの髪はまだ短く、頭のてっぺんで小さな団子にしてあるだけだ。そのどこに簪を挿したらいいかなど、知るはずもない。

「おふうを呼んでくる。今朝《けさ》は起きてただろ」

泰造が姉の名を出すと、おうたはむくれた。大好きな瑞之助に世話を焼いてもらいたいのだ。近頃はあまり口に出さなくなったが、一時は「大きくなったら瑞之助さんのお嫁さんになる！」と言ってはばからなかった。

「あたしが何だって？」

いきなり後ろから声を掛けられて、泰造はびっくりして跳《と》び上がった。

「おふう、そこにいたのか」

「幽霊を見たような驚き方をしないで。ほら、おうた。簪を貸して。あたしがやったげるから」

おうたはしぶしぶといった顔で、おふうに簪を渡した。

泰造は何となく姉妹から離れ、瑞之助の後ろに下がった。見るつもりなどないのに、おのずと、おふうのほうへ目が惹かれてしまう。

働き者のおふうの手はちょっと荒れているが、指がほっそりとしてきれいだ。手早くおうたの髪を解き、どこからともなく取り出した櫛で梳いてやっている。

おふうは半ば病身といってもよい。幼い頃から相当な無理を重ねてきたせいだ。労咳《ろうがい》を患《わずら》った母の代わりに、妹の面倒を見ながら働いていた。その母と、思い入れのあった患者とを同時期に亡くした直後、張り詰めていた糸が切れたように倒れてしまった。それが半年ほど前のことだ。

半年ほどかけて、おふうの体の具合はだんだん落ち着いてきた。とはいえ、朝の早いうちは真《ま》っ青《さお》な顔をしていることもある。今朝も本当はちょっと無理をしているんじゃないか、と泰造は感じ取っている。

近頃、おふうが少しずつ縮《ちぢ》んでいるように見えるから不思議だ。泰造の背が伸びているだけなのは、むろん自分でもわかっている。ほかの女衆より背が高くなったことは、さしたる感慨《かんがい》もないのに、おふうだけが特別なのだ。

おふうがじろりと泰造を睨《にら》んだ。

「じーっとこっちを見て、何よ？」

「べ、別に……登志蔵さんから、おふうの顔色をよく見ておけって言われてるから、見てただけだ」

「師弟揃って心配性だね。もう倒れたりなんかしないから、じろじろ見ないで。気が散るでしょ」

おふうが初めて倒れたときのことは、ふとした弾みで思い出してしまう。後ろざまに倒れかかるのを、慌てて抱き留めたのだ。

あんなに華奢で柔らかいとは、とても想像できなかった。背丈《せたけ》が少し泰造より小さいだけ、ではなかった。骨がちゃんとつながっているのか不安になるくらい、くにゃっと柔らかくて、髪と肌は甘い匂《にお》いがした。女の体というのは、男の自分とはまるで違うのだ。

黙り込む泰造とは裏腹に、瑞之助はさらりと言った。

「昨日は烏丸屋でもおふうちゃんの話になったよ。烏丸屋でも、おふうちゃんの体の具合を心配したりだとか、いろいろと話題に上がるそうだ」

「何それ？ 変な話、してないでしょうね」

「おふうちゃんは美人で働き者で気立てがいい、というような話をしたんだよ。烏丸屋の手代さんや小僧さんの間で、おふうちゃん、人気があるんだって」

「やめてよ。そういうのが変な話だって言ってるんです。あたしの知らないところで、勝手な噂話《うわさばなし》なんかしないでください」

「申し訳ない」

瑞之助は首をすくめた。泰造と目が合うと、いかにもお人好《ひとよ》しそうな苦笑を浮かべる。

泰造も、もやもやした。烏丸屋の連中がおふうをどんなふうに言っていたのか、気になって仕方がない。思わず瑞之助を睨んでしまった。が、瑞之助が泰造の胸中を察してくれるはずもなく、また叱られたと言わんばかりに肩を縮めた。

おふうはおうたの髪を団子に結い直し、簪を挿した。「いいよ」と言ってやると、おうたはくるりと瑞之助に向き直った。

「どう？　似合う？」

おうたがちょっと横を向いたり、首をかしげたりするたび、簪がしゃらしゃらと涼しい音を立てる。

「似合っているよ。かわいいね」

瑞之助が誉《ほ》めてやると、おうたはにんまりした。そして勢いよく走りだした。

「おとらさぁん、鏡、貸してー！」

蛇杖院の皆の髪を結ってくれるのは、女中のおとらだ。三十いくつとか言っていたが、見た目からして、もっと若いと思っていた。故郷の村の女と江戸の女はまるで違う。畑の隅《すみ》で干からびた雑草と、大事に育てられた薬園の桔梗《ききょう》みたいに、本当に違う。

おふうがおうたを呼び止めようとした。

「ちょっと、こら、おうた！　手習いに遅れちゃうでしょ！」

大きな声を出した後、息切れしたように、肩を上下させて呼吸した。やっぱり今日は調子が悪そうだ。昼頃までは、日差しや風を避けられるところで、おとなしくさせておこう。

口で言っても、おふうは耳を貸さない。だから、泰造は先回りをして仕事を横取りしておく。洗濯や料理は女衆の仕事だと思い込んでいたが、そういうのはやめた。旅慣れた僧医の岩慶は一人で何でもやっている。あんなふうに余裕でこなせるほうが、男として格好がいい。

瑞之助が泰造に簪の箱を押しつけた。

「これをよろしく。私はおうたちゃんが手習いに遅れないよう、青文寺《しょうもんじ》まで送り届けてくるよ」

「よろしくって、この箱……」

「おふうちゃんのぶんの簪が入ってる。おうたちゃん、ちょっと待って！」

瑞之助はおうたを追って駆けだした。

おふうがしかめっ面《つら》をして近寄ってくる。

「その簪、もしかして、おうたとお揃い？」

「知らねえ」

箱を突き出す。おふうは受け取って蓋を開けた。秋の七草の簪がそこに収められている。

そういえば、おふうは日頃、どんな簪を挿しているんだろう？　そう思って、おふうの髪に目をやって、今さらながら気づく。おふうは、大人の女と同じ島田髷《しまだまげ》を結っている。おうたのようなお団子頭ではない。

着物の肩揚《かたあ》げもしていない。子供の着物は、より背が伸びることを願って大きめにあつらえ、肩や腰のところで折り返して縫《ぬ》っておくのだ。衣替《ころもが》えのとき、伸びた背丈のぶんだけ、折り返しをもとに戻す。

おふうはもう、半分以上、大人の女なのだ。

「ねえ、泰造」

簪が目の前に差し出される。しゃらしゃらと揺れる秋の七草。その向こう側に、まなざしをよそへ向けたおふうがいる。

「な、何だよ」

「こんなかわいらしい簪、あたしには似合わないよね」

消え入りそうな声だ。

どういう意味だろう？　この簪が似合うくらい、おふうもかわいらしい、とでも言ってほしいのか。それとも、おうたが喜ぶ簪など子供っぽくて、おふうの好みではないということか。

知らねえよ。簪のことなんか、わかるもんか。泰造はぼそぼそと答えた。

「玉石さんがこれをおふうにって選んだんだろ。だったら、似合うんじゃねえのか」

「そっか」

泰造はいつの間にか、うつむいていた。額《ひたい》におふうの笑《え》みを感じた。

その日、おうたは昼までで手習いを切り上げて帰ってきた。おふうとともに三味線を習いに行く日なのだ。泰造は付き人として二人の荷物を持つことになっている。

姉妹が通っているのは、向島《むこうじま》にある翠鳥庵《すいちょうあん》というところだ。もとは深川《ふかがわ》で歌っていたというお師匠さまは、辰巳《たつみ》芸者らしく気風《きっぷ》がよい。商家のお嬢《じょう》さんなどを相手に三味線や長唄を教えながら、悠々自適《ゆうゆうじてき》の一人暮らしを送っている。

庵《いおり》の名はかわせみを思わせるが、実のところ、翠鳥庵で飼われているのは一羽の烏《からす》だ。翼を傷めて飛べなくなり、そのまま居着いたらしい。

翠鳥庵に出掛けるとき、おふうもおうたもよそ行きの着物を身につける。おふうの着物は、色や模様こそ地味だが、袖がしっかりと長い。動きにくくて、仕事などできるはずもない格好である。

「おなごはあんな振袖《ふりそで》なんか着せられるんだ。邪魔くせえだろうな」

泰造はつい、そんなことを独り言ちたりなどしてしまう。

とはいえ、邪魔くせえ振袖も、おふうが着るのは悪くない。上等な装いをすると、汚してはならないと気をつけるらしく、おふうはちょっとおしとやかになる。何でもかんでも自分でやろうとせず、ちゃんと世話を焼かれてくれるのだ。

それが何だか心地よい。

おふうたちが三味線の稽古をする間、泰造は別室か庭で待たされる。退屈を覚えたことはない。オランダ語や漢方医術の初学の本を、いつも持参するのだ。

今日は日陰にいると、初秋の風が気持ちよい。泰造は庭に出てオランダ語の本を開いた。

三味線の音色のよし悪《あ》しは、よくわからない。でも、おふうの歌う声はなかなかきれいだと思う。おふうが歌う番になると、聞くともなしに聞いてしまい、字を追っていたはずの目が泳ぐ。

稽古は、よその娘たちと一緒になることが多い。付き人の中には、顔見知りになった者もいる。「蛇杖院の者だ」と名乗ると、ぎょっとされたり、感心されたり、いろいろだ。蛇杖院はどんな病でも治すという噂と、恐ろしい疫病を流行《はや》らせようとしているという噂の、両方が出回っているらしい。

しばらくすると、どこぞの商家のお嬢さんが駕籠《かご》で乗りつけた。

駕籠かきは雇われ者のようで、帰りの刻限を確かめると、すぐさま駆け去った。ここで待つより、ひと稼ぎしてこようというのだろう。付き人は小柄な女中だ。泰造と同い年くらいだろうか。

女中は大きな風呂敷包みを抱えている。重たいらしく、よたよたしている。危なっかしくて見ていられない。気づいたら、体が動いていた。

「手伝う。貸せよ」

「えっ？」

「俺もあんたと同じ、三味線を習いに来たお嬢さんらの付き人なんだ。今は稽古中で、手が空《あ》いてる。このくらい運んでやるから」

お嬢さんのほうは、いくつか年上だろう。線が細くて顔色がよくない。色白な肌は黄ばんで見える。脾《ひ》が弱っているのではないか。脾というのは、食べたものをこなす働きを持つ胃や腸などのことだ。きちんと食べられないと、血が足りなくなり、爪が割れたり薄く剝がれたりする。

ちらりとお嬢さんの手を見ると、案の定、爪が割れて歪《いびつ》な形になっている。お嬢さんが微笑んだ。あまりにも痩せているが、意外とかわいい人だ。

「運んでくれてありがとう。あなた、蛇杖院の手代さん？」

「手代じゃなくて、下男《げなん》です。医術やオランダ語を教わってるから、ずっと下男かどうかはわからないけど」

「お医者さまになるかもしれないのね。なりたいものになれるって、素敵だわ」

お嬢さんはにこにこしている。駄賃を渡そうとしてきたが、断った。

風呂敷包みを抱えたまま、三味線を稽古している部屋まで、お嬢さんの付き人のような格好で入る。手を止めたおふうが目を丸くしてこちらを見た。

泰造はすぐに部屋を辞した。庭に戻って一息つく。

翠鳥庵の鳥がちょこちょこ歩いて近づいてくる。しゅっと細いくちばしを持っていて、小首をかしげる仕草が愛らしい。

「おまえ、雄《おす》なんだってな。今日は女ばっかりだから、何だか息が詰まるよ。わかるか？」

ぼそぼそと話しかけると、烏はうなずく仕草で一声鳴いた。烏は賢いと聞くが、翠鳥庵のこいつはとりわけ頭がいい。ときどき人間の真似をして、長唄らしきものを唸ったりもする。

ふと、後ろから声を掛けられた。

「ねえ！　さっきは、手伝ってくれてありがと」

振り向くと、あの小柄な女中が泰造を見上げていた。ふくふくとした丸顔で、子猫のような愛敬《あいきよう》がある。

「別に、礼なんかいらねえ」

あっちに行けよ、という意味を込めて本に目を落とす。だが、去っていく気配はない。じっと見られていたら、本に集中できない。

結局、根負けしたような格好になって本を閉じ、改めて振り向く。

「俺に用でもあるのか？」

低い声で訊いた。

おふうを除けば、同じ年頃の娘と話すことなどめったにない。翠鳥庵への付き添いの折や日本橋の烏丸屋への行き帰りで、きゃあきゃあと甲高《かんだか》い声ではしゃぐ姿を見かけることはある。そういう騒がしいのを目にするたびに、鬱陶《うつとう》しいなと思ってしまう。

　女中は、ふにゃっと力を緩めるように笑った。

「変わらないね、泰造。前もそうやって、一人で庇《かば》ってくれてた。感謝されたいとか格好をつけたいとか、全然そんなんじゃなくてさ」

「何のことだよ？」

「覚えてない？　あたし、あいだよ。泰造は命の恩人だもん。ずっと会いたかったんだ。蛇杖院で働いてるんだね」

　眉をひそめる泰造に、おあいは詰め寄ってきた。嬉しくてたまらない、と言わんばかりの笑顔だ。

「どこで会ったっけ？」

「わかんない？　でも、仕方ないかな。下総から連れてこられる間、宿場なんかでは、あたしたち女の子はまとめて閉じ込められてたけど、泰造は犬みたいに外につながれてた。お互い、あんまり顔を合わせなかったんだよね。あたしも途切れ途切れにしか覚えてないしさ」

　あ、と口から声が漏《も》れた。それっきり、言葉をなくしたように、声が出なくなる。

　泰造が故郷の村を出たのは、口減らしのためだった。人買いが村を訪れたとき、おいらを江戸に連れていけ、と自分から名乗りを上げたのだ。

幼い弟妹はしょっちゅう腹を下したり、かぜをひいたりしていた。江戸までの長旅に耐えられるはずがなかった。それに、家族の中でいちばん大食らいの自分がいなくなれば、弟妹はたっぷり食べられるようになるとも思った。

泰造は日焼けして痩せっぽちで目つきがきついというので、二束《そく》三文《もん》の値打ちでしかなかった。色白の女の子だったら十倍の値だった、と人買いがにやにやしながら言うのを聞いて、吐き気がした。

人買いが連れていたのは女の子ばかりで、男の子は泰造ひとりだった。だから、人買いの鬱憤《うっぷん》がたまってくると、泰造が殴《なぐ》られた。しまいには刃物を向けられもした。

いや、思い出そうとしても、記憶がぼやけている。

「……覚えてねえよ。蛇杖院に来る前のことなんか、思い出したくもねえ」

ようやく声を絞《しぼ》り出した。

おあいは裏腹に声を弾ませた。

「そっか。でも、あたし、泰造のことだけは忘れたくなかったんだ。泰造がずっとあたしたちのことを守ってくれてた。本当にありがとう。痛い目に遭《あ》わせてごめんね。お礼を言いたかったし、謝りたかったんだ。やっと会えたね！」

人買いのもとから救い出してくれたのは、偶然の成り行きで乗り込んできた登志蔵と瑞之助と、人買いを追っていた奉行所の捕り方たちだった。泰造が切り傷を負っているのを見て、登志蔵がまたたく間に手当てをしてくれたものだ。

おあいたちも泰造も、いったん蛇杖院に連れ帰られた。玉石が女の子たちの奉公先を世話してやったらしい。熱を出していた泰造が起きられるようになったときには、皆いなくなっていた。

「あたし、中西屋《なかにしや》っていう足袋屋《たびや》で奉公してるの。浅草聖天町《あさくさしょうでんちょう》にあるんだけど、どのあたりか知ってる？　街道沿いで、履物《はきもの》の店が並んでるところなんだ。あたし、お鶴《つる》お嬢さんのお世話をしてるんだよ」

「そのお嬢さんって、体が丈夫じゃないんだろ。顔色がよくない」

「うん、そうなの。めまいや頭痛なんかで起きられない日も多いんだ。手足がいつも冷たくて、むくみやすくて。ねえ、泰造はお医者先生になるために学んでるんだよね？」

「先のことはわかんねえよ」

「そっか。あの、実はね、三味線のお師匠さまから、泰造に会えるかもしれないよって聞いてたんだ。あたしが蛇杖院で奉公先を世話してもらったって話をしたら、お師匠さまも泰造のこと知ってて、いい子だって言ってて。そしたら、今日、本当に会えた！」

はしゃいだ声を上げ、おあいはいきなり泰造の手を取った。小さくて柔らかい手だ。肌は少しかさついている。でも、骨がちゃんとつながっているのかと心配になるくらい、くにゃっと柔らかい。

おふうみたいだ。女の体って、おふうだけじゃなくて、みんなそんなふうになってるのか。

驚きのあまり、されるがままになっていた。

「あっ……」

おふうの声が聞こえた途端、泰造は我に返った。ぱっとそちらを見ると、縁側《えんがわ》におふうが立っている。

目が合った。

泰造は慌てて、おあいの手を振りほどいた。言い訳をしようと口を開きかける。だが、それより先に、おふうはくるりと背を向けて、部屋の奥へ引っ込んでしまった。

おあいが泰造の顔をのぞき込んでくる。

「あの人、蛇杖院のお嬢さんなの？」

「いや、そういうわけじゃないけど、ええと……」

舌がもつれる。心ノ臓が嫌な感じに高鳴っている。よりにもよって、おふうに見られるなんて。

泰造は、おあいに握られていた手を着物にこすりつけた。じんわりとにじむ汗を拭《ぬぐ》っても、くにゃっと柔らかな感触は忘れられなかった。

四

楢林勘吾《ならばやしかんご》が出島のカピタン部屋を訪ねていったとき、下男のヤヌアリがコーヒーの載《の》った盆を手に、階段を上ろうとしているところだった。

足を止めたヤヌアリは、人懐《ひとなつ》っこい笑みを浮かべた。

「勘吾さん、こんにちは」

ヤヌアリはバタヴィア生まれの少年だ。歳は十六。故郷で使っていたのはまた別の言葉だというが、実に流暢《りゅうちょう》なオランダ語を話す。長崎の言葉も、近頃では問題なくわかるようだ。

勘吾は通詞の家柄の出である。幼い頃からオランダ語に親しんでおり、日々の暮らしに用いるような言葉なら不自由しない。

「こんにちは、ヤヌアリ。乙名《おとな》部屋の人たちがあなたを捜していたよ。できれば、すぐに行ってあげてほしい」

出島では、各々《おのおの》の建物は「部屋」という名で呼ばれている。乙名部屋は、長崎の地役人の詰所だ。

「乙名部屋ですか。お役人さまからお使いを頼まれるのかな。困った仕事じゃなければいいけれど」

「蘭学者たちが乙名部屋を訪ねてきているようだったから、珍しい菓子はないかとか、そういうことじゃないかな?」

「それこそまさに、困った仕事なんですよ。お役人さまってば、そういうことなら前の日に言付《ことづ》けてくれたらいいのに。麦の粉を焼いた菓子は一日寝かせたほうがおいしいって、何度もお伝えしているのになあ。やれやれ」

大げさに肩をすくめるヤヌアリは、何とも愛敬がある。

ヤヌアリの肌は和人《わじん》より黒いが、アフリカ生まれの下男の黒檀《こくたん》のような肌とは違う。顔立ちもまた、ヨーロッパやアフリカの人々より和人と近い。真っ黒でつぶらな目が子犬を思わせる。親しみの持てる姿かたちをしていることに加え、賢くて気が利く。皆にかわいがられるのも道理だ。

ヤヌアリは十六、勘吾は三十二だ。ヤヌアリの倍も生きているというのに、勘吾はいまだに一人前の通詞ではなく、見習いという肩書が外れない。ましてや十六の頃には、とてもこんなふうに立派に働くことなどできなかった。

勘吾は笑顔をつくってみせた。

「そのコーヒーは商館長のところへ？」

「はい。といっても、ブロンホフさまのほうですよ。これまでの商館長のブロンホフさま」

「よかったら、私が届けておこうか？」

勘吾が手を差し伸べると、ちょっと悩んだ顔をしたヤヌアリだったが、素直に盆を渡してくれた。

「お願いしてもかまいませんか？　応接間にいらっしゃいますから」

「任された。ちゃんと事情を伝えておくよ。有能なヤヌアリがいつもあちこちから用事を頼まれることは、ブロンホフさまも十分にご存じだ」

「勘吾さんこそ、しょっちゅうこうやって用事をこなしているじゃありませんか。ほかの通詞と違ってカリカリしていないし、出島に出入りする和人の中では勘吾さんがいちばんの色男だって、遊女の姉さんたちが言ってましたよ」

カリカリしないのは、本物の通詞がこなすような難しい書類仕事に追われていないからだ。それに、色男だなんて、遊女の冷やかしを真に受けるほどには、勘吾も世間知らずではない。

通詞とは、オランダ語と和語の橋渡しをする者だ。殊《こと》に重要な務めは、七月から九月の間に集中している。オランダ船が入港する七月某日の書類の照会に始まり、商いを終えて出港するまでの二か月ほどは、気の休まる暇もない。

オランダ船との取り引きの品に関する書類を作る。新たに任に就く商館長により国外情勢の報告がなされるが、それを急ぎ和語に訳す。

そうした書類仕事のため、実力のある通詞たちは、出島の中にある拝礼筆者蘭《はいれいひっしゃらん》人部屋《じんべや》という建物に、昼夜を問わず交代で詰めて仕事をこなしている。

楢林家は代々、通詞を輩出してきた家柄だ。幾筋かの家に分かれてはいるものの、楢林の姓《せい》を持つ者は幼い頃からオランダ語を学ぶ習いとなっている。医学や蘭学を修め、学者として大成する者もいる。

そんな優秀な家柄の中で、勘吾はみそっかすだ。稽古通詞見習いという立場のまま、十年以上も過ごしている。正式の通詞に昇《のぼ》ることはあるまい。才が足りないのだ。ヤヌアリと談笑するくらいの言葉ならば不自由しない。だが、政《まつりごと》も商いも学問も、特殊な言葉が多すぎて、読むのも聞くのも追いつかない。

ぺこりと日ノ本式のお辞儀をして、ヤヌアリが軽やかに去っていく。

香り高い湯気を立てるコーヒーは三杯。ブロンホフに頼まれたというが、ほかに誰が一緒にいるのか。

階段を上がって応接間に至ると、固太りした体格のブロンホフと、すらりと背の高い洋装の男が二人いた。

一人は異人である。濃い茶色の髪は、ガラス窓から入ってくる陽光を受けたところだけ、黄金色を帯びて見える。まっすぐな鼻筋、深い青色の目。顔に向こう傷があり、鋭い印象を与える男だ。

もう一人は和人だが、出島で見かけるたびにこうして洋装している。

「春彦もここにいたのか」

頬が引きつるのを感じたが、勘吾は笑ってみせた。ターフルの上に盆を置く。それから、さりげなく頭巾《ずきん》の傾きを直した。生まれつきの縮れ毛は、髷を結っても収まりが悪く、みっともない。頭巾が手放せないのだ。

私は春彦ほど美しくないのだ、と思う。いつだって、どうしたって、いちばんにはなれない。

春彦は六尺余りの長身で、オランダ人と並んでも引けを取らない。手足も長いから、洋装が実によく似合う。烏丸屋の末っ子だが、商いの道には進まず、才気を買われて稽古通詞見習いとして認められているという変わり種だ。

春彦はうっすらと笑ったままだが、勘吾に向ける目はひどく冷たかった。

「おや、なぜ勘吾がここに？　ブロンホフさまはヤヌアリにコーヒーを頼んだんだけどね」

通詞は大抵、オランダ語をしゃべるときは、和語のときよりも声が低くなる。おのずとそうなるらしい。勘吾はそうではない。なぜオランダ語のときだけ声が低くなるのかもわからない。ほんの一言しゃべるだけで、生まれ持った才の違いを痛感させられる。

「ヤ、ヤヌアリは乙名部屋から別の用事を言いつかって、忙しそうだった。だから、代わりに私がコーヒーを運ぶことにしたんだ」

さりげなくターフルの上の書類を見た。大通詞の名が記された許状が何通も置かれている。何の許しなのかを確かめる前に、いま一人の男に名を呼ばれた。目を上げる。

「あなたが勘吾サン？　コーヒーをアリガト」

奇妙なオランダ語だった。それで、勘吾も男の正体に気がついた。

「もしかして、商館医のシーボルト先生？」

新しく赴任した商館医は訛りがきつい、と通詞たちの間で話題になったのだ。しかし、医者としての腕は優れており、ヨーロッパ式の本草学《ほんぞうがく》にも詳しい。すでに日ノ本の各地から優れた蘭学者が長崎を訪れ、弟子入りを果たしている。

勘吾の言葉にうなずきながら、シーボルトは苦笑し、頰を掻いた。

「オランダのお城の言葉、チョット難しいネ。ワタシ、山のほうで育ったからネ」

「いえ、問題ありません。十分に聞き取れます。本当に遠くから、はるばるいらっしゃったんですね」

「長崎の通詞はみんな、オランダ語が上手ネ」

大げさに腕を広げ、笑ってみせる。鋭い印象は鳴りを潜め、愛敬のあるたたずまいになった。白い肌と高い鼻、彫りの深い目元をした異人の年頃は推し量《おはか》りづらいが、存外若いのかもしれない。

勘吾の思ったことを読み取ったかのように、ブロンホフが口を開いた。

「フィリップ・フランツ・フォン・シーボルトくんだ。会うのは初めてだったかね？　春彦くんと同い年だそうだ。日ノ本の数え方で言えば今年で二十八、我々の数え方では二十七だな」

勘吾より四つも下だ。突き刺すような春彦のまなざしに気づかないふりをして、愛想よくしようと努める。

「お若いのですね。それなのに、医者としても本草学者としても優れていらっしゃるとうかがいましたよ。やはり、出島においでになるかたは皆、本当に優秀なのですね」

「むろんだ。はるか遠い東洋までの長い船旅を耐え抜く体の頑丈さと、異郷で己を貫くだけの自信と気迫がなくてはならん。優秀な曲者揃いと言っておこう」

ブロンホフは豪快に笑ってのけた。

九月になれば、オランダ船は南洋のバタヴィアに引き揚げていく。バタヴィアはヤヌアリの故郷だ。ブロンホフはその船で長崎を離れるが、ヤヌアリは帰らないという。待っている家族もおらず、家もないらしい。出島で暮らすのが性《しょう》に合う、と言っていた。

遠く故郷を離れたところでこそ、生きていく道を見出《みいだ》せるというのは、どういう心地なのだろうか。

勘吾の心に去来したのは、長崎を離れて久しい幼馴染《おさななじ》みの姿だ。幼い頃から慕っていた相手である。勘吾は、まるで弟であるかのように「たま姉さま」と呼ばせてもらっていた。どんなつらいことがあっても、たま姉さまの微笑みひとつで、明日も生きていこうと思えた。

春彦がにこやかに、しかし威圧するように近づいてきた。

「コーヒーを運んでくれて、どうもありがとう。ところで、私たちはまだ話し合いがあるんだよ。席を外してくれるかな?」

幼い頃から才気煥発《さいきかんぱつ》で鳴らし、習いもしないうちからオランダ語をしゃべり、読み書きもできた春彦は、出島でも特別な扱いを受けている。稽古通詞見習いである点は勘吾と同じだが、その肩書が持つ意味合いはまるで違う。

春彦は有能だ。正式な通詞の役人仕事に縛りつけるより、自由に動き回れる立場であるほうがいい。顔が広く、頭が切れる。いわば隠密《おんみつ》のような難しい役割を与えられても、さらりとこなしてしまう。

殊にブロンホフは春彦を重用している。シーボルトもブロンホフ側、つまりブロック派に属しているのだろう。切れ者と名高い二人、春彦とシーボルトが、ブロンホフとともにここで話をしている。何をたくらんでいるというのか。

勘吾は胸に手を当て、ヨーロッパ式の礼をしてみせた。

「お話し中、失礼いたしました。これで退散いたします」

応接間から立ち去る。少し離れたところから聞き耳を立ててみるが、駄目だった。低い声は、窓の外から忍び込んでくる波の音にまぎれ、聞き取れない。

勘吾はカピタン部屋を辞した。その足で、スチューレルの姿を捜す。

新たな商館長として着任したばかりのスチューレルとは、まだ打ち解けたとは言えない。だが、同じ財布派に属している。勘吾はスチューレルに従うのが定めだ。

スチューレルは、出島の北西角の松の木陰《こかげ》で対岸を眺めていた。中島川《なかしまがわ》を挟んだ向こう側の小高くなったところに、長崎奉行所がある。下を見れば、川の水と海が混じり合う中を、大きなぼらが悠々と泳いでいく。

「商館長さま」

勘吾が声を掛けると、スチューレルは険《けわ》しい顔で振り向いた。

「何かね」

「稽古通詞見習いの稲林勘吾です。商館長さまが勘吾をお呼びだ、とうかがいました。本日中であればいつでもよいとのことでしたが、今、ご都合はよろしいでしょうか?」

ここまで言えば、スチューレルも合点がいったようだ。

「君が勘吾だったか。通詞は皆、似た格好をしておって見分けがつかんのだ。春彦くんのように背が高く、オランダ人の装いをするのであれば、覚えられるが」

「……頭巾をかぶっているのが、勘吾です。そう覚えていただければ」

「ああ、そうであったな。毎度忘れてしまうのだよ」

だが、春彦のことはすでに覚えている。スチューレルは着任したばかりで、春彦とは派閥を異《こと》にするというのに。

出島のオランダ人が二つの派閥に分かれていることは、通詞の中では暗黙の了解となっている。役人たちはあまりわかっていないかもしれない。

オランダという国は一度滅《ほろ》んだことがある。フランスという国からナポレオンという豪傑《ごうけつ》が出て、西洋の国々を支配して回った。その波を食らって、紆余曲折《うよきょくせつ》を経た挙句、倒れたのだ。

ナポレオンの天下が短命に終わった後、オランダは復された。だが、一度失った威信を取り戻すのは並大抵ではない。世界にオランダの名を響かせるにはどんな手を使うのか。

出島のオランダ人および通詞がブック派と財布派に分かれて相争っているのは、ヨーロッパにおけるオランダの勢力再興を目指してのことだ。ただし、採《と》るべき手段が異なるために相容れない。

スチューレルは勘吾に告げた。

「江戸へ行ってくれ。ブック派が春彦くんを江戸に遣《つか》わすそうだ。そのことや商館医シーボルトくんについて、江戸の天文台にいる財布派の通詞に手紙を書くことにした。君がその手紙を運んでくれ」

「はあ。手紙を運ぶ、ですか。春彦の動きを止めたほうがよいのでしょうか？」

スチューレルは鼻で笑った。

「そこまでは期待しておらんよ。あの春彦くんを相手取って、君に何ができるのかね？」

ああ、すでに見透かされている。それとも、通詞の誰かが教えたのだろうか。

勘吾は本当に役立たずだ、と。

通詞部屋に詰める連中は勘吾を相手にしない。陰で嘲笑《あざわら》っているのを、勘吾は知っている。

みすぼらしい縮れ毛の、どうしようもないみそっかす。

幼い頃から、見下されるのには慣れている。みじめな気持ちに押し潰《つぶ》されそうなときは、心の奥に住まう大切な人の姿を思い描く。家に帰り着いたら、思い描いた姿を紙の上に写し出そう。絵を描いているとき、勘吾の心は安らぐ。

江戸に着いたら、真っ先に会いに行こう。土産を買わねばならない。春彦が江戸に出るときに買い求める茶と菓子なら、勘吾もすっかり覚えている。こたびは春彦より先に渡したい。

勘吾は笑顔をつくって胸に手を当てた。

「商館長さまのお心のままに。精いっぱい、努めさせていただきます」

スチューレルは、冷ややかなまなざしをそらした。対岸を見やる。

「東洋の果てにあるのは、どれほど薄汚れた町か、寂《さび》れた町かと思っておった。だが、長崎という町は存外、悪くないな」

「それは嬉しいお言葉にございます」

小さな町だ。どこへ行っても親戚や知人と顔を合わせる。情けない自分を隠しようもない。ここはあまりに窮屈だ。

けれども、故郷だ。たま姉さまと過ごした思い出がそこここにある。

海鳥が渡っていく。オランダ、清、そして日ノ本の大小の船を浮かべた長崎の湊は、秋の日差しの下、穏やかにきらめいている。

第二話　子供の病《やまい》

一

深川清住町《きよすみちょう》の大川沿いの道に至ると、花火を待つ人々が提灯《ちょうちん》を手に、そここにたたずんでいた。夕涼みの舟が大川の水面《みなも》を照らしている。

瑞之助の右肩のあたりで、小さな頭がごそりと動いた。

「正吉《まさきち》っちゃん、目が覚めたかい？」

瑞之助の背に負《お》ぶさる十歳のやんちゃ坊主は、見舞いに来た友達からそんなふうに呼ばれていた。正吉っちゃん、と瑞之助も呼んでみると、やつれた顔で、にっと笑ってくれた。

「おいら、また眠ってたのか。もう暗くなったんだな」

「そろそろ花火がきれいに見えるよ。舟に乗って、空を見上げようか」

かすれた吐息のような笑い声が、瑞之助の耳をくすぐった。

「うん。花火、見たい」

正吉《まさきち》の両親が先に立ち、こちらへ、と瑞之助を差し招く。瑞之助は、負ぶった正吉の体を揺らさないよう気をつけながら、土手へ延びる道を下りた。殿《しんがり》を、拝み屋の桜丸《さくらまる》が続いた。

土手を下り切ったところに、猪牙舟《ちょきぶね》がつながれている。正吉の両親が働く船宿、こよみ屋の主が貸してくれたのだ。正吉が横になれるよう、布団まで敷いてある。

桜丸が正吉に声を掛けた。

「頭は痛みませぬか？」

「少しずきずきする。でも、平気だよ。花火が上がるまで辛抱できる」

「気分が悪くなるきざしがあれば、すぐに申しなさい」

「わかってらあ。心配ばっかりすんなって」

生意気な口を利く正吉だが、その声に力はない。呂律《ろれつ》も回っておらず、言葉が間延びしている。桜丸がうつむいて無念そうに眉を寄せるのを、瑞之助は目の端《はし》にとらえた。

瑞之助が正吉のもとを訪れるのは、これが四度目だ。正吉の命の灯が少しずつ消えていくのを、ただ見ていることしかできない。

くたりとした正吉の体を、そっと舟の上の布団に横たえる。痩せた小さな手が、ぽんぽんと隣を打った。

「瑞之助先生も、こっち」

「隣、いいの？」

「ここがいちばんいい席だ。おいらのとっておきを分けてやるよ」

ありがとうと言って、正吉と身を寄せ合うように、瑞之助も仰向《あおむ》けになった。

宵闇《よいやみ》に星がきらめいている。仲秋《ちゆうしゆう》の名月まで、あと十日。半月にいくらか足りない月は今、西の空にぽかりと浮かんでいる。

「遅えな、花火。まだ上がらねえのかな？」

「どうだろうね」

「おいらが眠りそうになったら、起こしてよ。花火、好きなんだ。今年も見たくってさ」

今年が最後になってしまうことを、正吉はわかっている。そんな口ぶりだった。瑞之助は胸がぎゅっとよじれるように感じた。

正吉は半年余り前、「ものが二重に見える」と言った翌日に高熱を出して倒れた。以来、頭痛と嘔吐《おうと》と発熱が現れたり落ち着いたりしながら、次第に悪化してきている。二月《ふたつき》前から左半身に痺《しび》れが出て、舌も回らなくなってきた。

瑞之助が正吉を初めに診たのは一月《ひとつき》ほど前だ。

正吉を苦しめる頭痛は、かぜで高熱が出るために頭痛がするとか、そういう類《たぐい》ではないように見えた。脳の病といってよいのかもしれない。半身が痺れるのも呂律が回らないのも、中風《ちゅうぶ》という脳の病で倒れた後の患者の様子に似ている。

頭痛という主訴《しゅそ》とは別に、肝ノ臓の働きが異常をきたしているのが、瑞之助には気になった。聞けば、瑞之助が呼ばれるまでの幾月かの間に幾人もの医者が代わる代わる正吉を診て、さまざまな薬を飲ませてきたという。

どの薬が効《き》くのかわからない。お金を出して、せっかく処方してもらった薬でもある。だから、片っ端から正吉に薬を飲ませる。

すがるような、祈るようなその気持ちは、瑞之助にも痛いほどわかった。だが、そのために正吉の苦しみがいや増しているのは明らかだった。

瑞之助は、正吉にもわかる言葉を選んで、両親への説得にかかった。

「すべての薬を、いったんやめてみましょう」

むろん、正吉の両親は驚き、難色を示した。瑞之助は自身の経験を語った。

「ダンホウかぜをこじらせて肺を患ったとき、私の主治医となった蛇杖院の堀川真樹次郎が初めにおこなった手当てが、薬をやめて肝ノ臓の負担を軽くすることでした。どんな薬も、量が多くなればなるほど、肝ノ臓を痛めてしまうんです。それに、薬の影響を除いて初めて、正確な診療ができるようになります」

体じゅうに不調があってつらい中、正吉は一心に目を開けて瑞之助を見つめようとしていた。

「薬をやめたら、腹が気持ち悪いのは治る？　何だかね、でっかくて重苦しいものがつっかえてるみたいで、頭が痛いのがましなときでも、腹はいつも気持ち悪いんだ」

「気持ち悪いのは、このあたりかな？」

瑞之助は正吉の胸と腹の境《さかい》にそっと手を乗せた。みぞおちの右、あばらのいちばん下のあたりだ。

「たぶん、そのへん。痛くはねえんだけど、気持ち悪い」

あばらの内側に収まっているはずの肝ノ臓が、正吉の腹の薄い肉越しに瑞之助の指に触れていた。

「ずいぶん腫れているね。肝ノ臓がうまく働かないと、きれいな血が体を巡《めぐ》らず、体じゅうがおかしくなってしまうんだ。気持ち悪いというのも道理なんだよ」

「薬をやめたらいいの？」

「そうしたほうがいいと、私は思う。頭が痛いとき、薬に頼りたくなるかもしれない。でも、まずは二日、薬を飲まずにいてくれるかな？　薬ではない痛み止めの手立てを、二日後までに見つけてくるから」

「本当？　ちゃんと二日後に来てくれる？」

「ああ、本当だとも。できる限りのことをするよ」

「約束な。あきらめんなよ」

あきらめるな、という一言に、はっとさせられた。これまで幾人もの医者が、正吉の目の前で匙《さじ》を投げてきたのだろう。

正直なところ、正吉の脈も顔色も、望みのあるものとは到底言えない。子供の病の診療では感じたことのない脈、見たことのない顔色だ。

初めて患者を看取《みと》ったときのことが、否応《いやおう》なしに思い出された。

薬をやめろなどと言っては、正吉の両親に締め出されてもおかしくない。二度目はそう覚悟して訪ねていったのだが、杞憂《きゆう》だった。

按摩師のりえに、痛みを和《やわ》らげるつぼを教わっておいた。大人であれば鍼《はり》を使うこともできるが、子供はちくりと痛いのを恐れる。瑞之助は正吉の体のつぼに触れながら、目を見て語りかけた。

「実は、鍼やお灸《きゅう》のように痛いのは、効いているという手応えを得るためのものので、つぼを押すのはそっとでいいらしい。痛いの痛いの飛んでけー、というまじないがあるだろう？　そんなふうに優しくさするだけでいいんだって」

「本当に？　おいら、鍼もお灸もされたよ。嫌だって言ったのに、医者は聞きやしないんだ。子供のわがままだって言ってさ」

「正吉っちゃんみたいな子供は敏感だから、鍼でちくっと刺さなくても十分だって、蛇杖院の按摩師が言っていたよ」

「按摩師って、見越《みこ》し入道《にゅうどう》みたいにでっかい坊さん？」

「いや、その人ではないよ。岩慶さんは今、旅に出ている。もう一人、蛇杖院には按摩師がいてね。正吉っちゃんのお母さんくらいの年頃の、優しい女の人だよ。痛くしないほうが体の強張《こわば》りを除きやすいこともある、と言っていた」

「確かに優しい人だ。それに、腕がいいんだな」

りえに教わったとおりに、正吉の痩せた体のあちこちにあるつぼを撫でさすってやった。頭痛や体の強張り、吐き気を抑えるつぼだ。肝ノ臓の腫れはまだ続いていた。それでも、正吉は「少し楽になった」と言ってくれた。

瑞之助が選ばれたのは、治せる医者だからではない。単に、正吉に気に入られたからだ。

三度目の往診では、薬の乱用の害がずいぶん抜け、ようやく病そのものを診ることができた。初めの診立ては覆《くつがえ》らなかった。打てる手立てはない。その絶望を、正吉の両親に告げた。正吉の耳に届かないところで、言葉を濁《にご》さずに告げた。二人は黙ってうなだれて聞いていた。

帰り道は、あまりの不甲斐《ふがい》なさに、足が前に進まなかった。こんな体《てい》たらくではもう呼ばれまいと思っていたが、その矢先、正吉の母がわざわざ蛇杖院を訪ねてきた。正吉が花火を見たがっているので手助けしてほしいのだという。

痩せてしまった正吉を負ぶって外へ連れ出すだけなら、両親にもできることだ。わざわざ蛇杖院へ相談しに来たのは、わけがあった。どんな病でも祓《はら》うという触れ込みの拝み屋に正吉を診せたら、「外に出たら、悪《あ》しきものに出会う」と言われてしまったそうだ。

蛇杖院には本物の拝み屋がいる。桜丸である。病を引き起こす「穢《けが》れ」を見る目を持ち、まじないや風習の真贋《しんがん》を見抜くことができる。

花火見物の日は、桜丸が瑞之助に同行することとなった。まっすぐな目で正吉を見つめ、外へ出ても問題ないと太鼓判を押した。

「むしろ、部屋に閉じ込められていては、気がふさいで仕方ないことでしょう。たまには負ぶって散歩に連れ出してやりなさい。偽《にせ》の拝み屋の言うことなど、真に受けずともよいのです」

桜丸は十九にもなった男だが、若い娘のようにたおやかで美しい。その桜丸に見つめられ、正吉が照れてそっぽを向いた。それがいかにも十歳の年頃相応で、両親がふっと笑っていた。

ひゅーっと、夜風が笛のように鳴った。

「あっ」

正吉が、閉じていた目を開いた。その目に橙色《だいだいいろ》の花火が開くのが映った。きらりと輝いた双眸《そうぼう》を、瑞之助はすぐ隣から見ていた。

どこからか、玉屋《たまや》ぁ、という掛け声が聞こえた。正吉もかすれた声で、玉屋ぁ、と歌うように言った。

「花火、上がったね」

「うん。暑い季節にはやっぱり花火だな。この季節っていったら、西瓜《すいか》も好きだけど、今年はほとんど食えなかった。でも、花火は変わらねえな。来年もその先も、ずっとずっと変わらねえんだよ。そうだろ？」

「そうだね」

気の利いたことも言えず、瑞之助はただ微笑み返した。

去年のこの時季にも、こうやって花火を見せたい相手がいた。あの頃も慌ただしく、日々に追われるばかりで、花火見物はかなわなかった。

おそよさん、と胸の内で呼びかける。私は今、医者らしく振る舞えているでしょうか？　正吉っちゃんの痛みや苦しみを、ほんの少しでも除いてやりたい。花火は、ふさわしい薬になっているでしょうか？

ふと、提灯の明かりが近づいてきた。

「邪魔するぜ。花火はよく見えたかい？」

引き締まった体つきに着流し姿の男が、水辺に颯爽《さっそう》と降り立った。提灯を掲げて舟を照らす。

瑞之助はとっさに正吉を庇って腕を広げながら、ぱっと身を起こした。舟がぐらりと揺れる。だが、明かりの中で見えた顔に、肩の力を抜いた。

「広木《ひろき》さん。見回りですか？」

深川を縄張りとする、南町《みなみまち》奉行所の定町廻《じょうまちまわ》り同心《どうしん》、広木宗三郎《そうざぶろう》である。

偉ぶったところがなく、飄々《ひょうひょう》とした男だ。役人仲間とつるむことをせず、奉行所に利があろうがなかろうが真実を追い求める信念の持ち主で、上役からの覚えはよくないという。だが、町衆からの人気は絶大だ。

目明《めあ》かしの充兵衛《じゅうべえ》が土手の上で提灯を手に、ぺこりと頭を下げた。

広木はひょいと猪牙舟に乗り移り、膝をついて正吉の顔をのぞき込んだ。笑顔が柔らかい。

「今宵《こよい》の花火も見事だったな。おまえさんの住む長屋もそう遠くはねえが、まわりの屋根が邪魔で、ちゃんと見えねえんだって？」

「うん。だから毎年、こよみ屋の親父さんが、ここで見たらいいって言って、つないだ舟に乗せてくれんだ。それで、父ちゃんが作った夕餉をここで食ってた」

「おお、いいじゃねえか」

「父ちゃんは板前なんだ。舟の上でさ、板前の料理を食うんだぜ。贅沢《ぜいたく》だろ？」

「八丁堀《はっちょうぼり》の旦那でもなかなかできねえほどの贅沢だな。こよみ屋の親父も粋《いき》なことをしてくれる。実はな、あの人は、昔は目明かしだったんだぞ」

「知ってるよ。おいら、その話を聞いて、前は目明かしに憧れてたんだ」

「前は、か。今はどう思ってんだ？」

広木の問いに、瑞之助はどきりとした。正吉は、自分にこの先がないことを悟っている。だから「前は」などと言ったのではないか。

だが、正吉はにっと笑って瑞之助を見上げた。

「今はね、医者になりたい。旦那、知ってる？　瑞之助先生はすげえんだ。ほかの医者は爺《じい》さんばっかりだったのに、瑞之助先生はこんなに若い。だけど、いちばんいいんだよ」

「いいってのは、どのへんがいいんだ？」

「痛いことをしねえんだ。おいら、苦いのを我慢して薬をたくさん飲んでたらさ、逆に腹がおかしくなって、吐いてばっかりだった。瑞之助先生は、それを止めてくれたんだよ」

「おお、そいつはすごい。吐くのはつらいもんな」

「それにさ、瑞之助先生は鍼もお灸もしないんだよ。痛み止めのつぼをさするだけで、痛いのが消える。本当だよ」

「ほう、鍼や灸でなくていいのか」

「大人は鈍《にぶ》いから、鍼を打ってもらったほうが、効き目があるんだって。子供のおいらは勘が鋭いから、そんなことしなくたって、ちゃんと効いたけどさ」

生意気な口ぶりでしゃべる正吉に、広木は声を上げて笑った。

正吉は広木の十手《じって》をさわらせてもらって、ひとしきりはしゃいだ。次の花火が上がるのを見届けると、満足した顔で「疲れちまった」と言って、たちまち寝入った。

瑞之助が正吉を負ぶって、両親ともども長屋へ送り届けた。広木と充兵衛も、見回りのついでだと言ってついてきた。

正吉の両親が何度も頭を下げながら戸を閉めた。笑顔で別れたものの、木戸をくぐって通りを歩きだすと、瑞之助はたまらなくなって嘆息した。

桜丸が瑞之助の背中をはたいた。

「辛気《しんき》くさい。背筋を伸ばしなさい。ずいぶん慕われているではありませぬか」

「でも、私には、あの子を病から救う力がないんです。罵ってもらったほうが、むしろ楽だ。桜丸さんの診立てでもそうでしょう？　正吉っちゃんの病は……」

「治りませぬ。頭蓋《ずがい》の内側に腫物《はれもの》が見えました。半ば脳に食い込んでおります。切り取ることもできますまい。腫物のもたらす痛みや苦しみをいかに除いてやれるかが、医者にできることのすべてです。ゆえに瑞之助、今日はよくできました。花火を楽しんでいる間、正吉の心は苦痛から解き放たれておりました」

桜丸は淡々と言い切った。高くも低くもない、耳に心地よい声だ。桜丸の励ましは嬉しい。だが、心は軽くならなかった。

広木が声をひそめて言った。

「正吉の両親が働いている船宿の親父は、かつて目明かしだった。古希《こき》も目前だが、いまだに矍鑠《かくしゃく》として目も耳も鋭くてな。正吉の両親が藁《わら》にもすがる思いで医者を探しているが、名乗りを上げる医者の中におかしなやつも交じっていると知らせを寄越《よこ》してきた」

「おかしなやつというと、以前、怪しい薬を商う黒暖簾《くろのれん》の薬師《くすし》がいましたが」

「ああ、北町《きたまち》奉行所の大沢振十郎《おおさわしんじゅうろう》が手柄にしたやつだな。蘭学と蘭方医術をかじった野郎が、それをもとに不逞《ふてい》な商売をしていやがった。こたびもそういう話のようなんだが、時期が悪い。ちょいと風変わりな知らせが長崎のほうから入ってきていてな」

「長崎、ですか」

「三百年に一人の名医と謳《うた》われる男が、出島の商館医として着任したそうだ。またたく間に長崎じゅうに評判が広がっているとかで、江戸にまでそういう噂が飛んできた。おまえさんがた、玉石さんから何か聞いてねえか?」

瑞之助と桜丸は顔を見合わせた。桜丸が答える。

「毎年七月に、長崎にオランダ船が入港します。積荷は順次、売りに出されますので、烏丸屋が仕入れた品がそろそろ届き始める頃合いかもしれませぬ。噂話や流行《はや》り病《やまい》も、同時に入ってくるものです」

広木は、ふむ、と唸った。

「何にせよ、近々、蛇杖院に相談に行くかもしれん」

「あい、玉石さまにもお伝えしておきます」

「頼んだぜ。それと、瑞之助さんよ」

広木の頼もしい手が、ぽんと瑞之助の背を叩いた。

「何でしょう?」

「正吉の両親がおかしな偽《にせ》医者に惑わされねえよう、目を配ってやってくんな。医術の何が本物で何が偽物なのか、見分けられる者は多くない。特に、蘭方となりゃなおさらだ。黒暖簾騒動でも死人が出ちまった。こたびも、悪い芽が出るようなら、早めに摘み取っちまいたい」

「道理ですね。気をつけておきます」

充兵衛が口を挟んだ。

「しかし、目明かしになりたかった子供が、今や医者になりたいと望んでいるとは、あっしは瑞之助さんに株を奪われちまいやしたね。いやぁ、悔しいもんだ」

そんなふうに言ってみせるものの、瑞之助に笑いかける顔は晴れやかだ。

瑞之助は胸が詰まって、うなずくことしかできなかった。

二

蛇杖院の門前に駕籠が着いたようだ。今か今かと待ちかまえていた泰造が、すかさず出迎えに飛んでいった。

瑞之助は、日当たりのよい裏庭で仕事を続けていた。生薬《しょうやく》を天日干《てんぴぼ》しにしているのだ。区切りのいいところまで終わらせてから、と思っていたところ、元気よく駆ける足音が近づいてきた。

「やっぱりここにいましたね！」

まだ高く澄《す》んだままの少年の声に、瑞之助は顔を上げた。

「ああ、よく来たね。手が離せなくて、出迎えに行けなかった」

「いいんですよ。喜美《きみ》さんがちょっとむくれてましたけど」

そう言って沖野駒千代《おきのこまちよ》は笑った。瑞之助の姪《めい》、相馬《そうま》喜美の許婚《いいなずけ》だ。歳は十二。

駒千代はつい二月ほど前まで蛇杖院で療養していた。喘病《ぜんびょう》のために体が弱く、屋敷にこもってばかりで手習いも遅れ、剣術もからっきしだった。家族や奉公人からも見放され、誰にも心を開かず、性根まで歪《ゆが》みかけていた。

半年ほどにわたる療養中、紆余曲折あったのだが、駒千代はずいぶん体が強くなった。いまだ小柄で痩せてはいるものの、初めて蛇杖院を訪れたときとは段違いに顔色がよく、表情も明るい。

駒千代は瑞之助の傍らに屈んだ。

「これ、何を干しているんですか？」

「桔梗《ききょう》の根だよ。痰《たん》を取り去る作用がある」

「じゃあ、私が飲む薬にも入ってるんですね」

振袖姿の女の子が泰造に案内されて裏庭に姿を現した。喜美である。駒千代と同じ十二だが、この年頃にしては育ちが早いらしい。確かに、駒千代と並ぶと、いくつも年上に見える。

「もう、駒千代さまったら、あっという間にいなくなっちゃって。仕方ないのかしらね。瑞之助さまのことも、花がいっぱいの裏庭もお好きですもの」

「置いていってごめん」

「大目に見てあげるわ。瑞之助さま、お久しぶりです」

喜美は大人びた仕草で頭を下げた。

幼い頃の喜美は「瑞之助さまのお嫁さんになる」と言って、顔を合わせるたび、勢いよく飛びついてきたものだ。駒千代と出会った今となっては、そちらに心が向かっている。叔父としては、一抹《いちまつ》の寂しさを覚えもする。

駒千代はおおよそ十日に一度、家の都合のつくときに、蛇杖院にオランダ語を学びに来る。蘭学のうち、草木の分類の学にも興味があって、こちらも学び始めたところだ。絵が得意で、殊に草木や花の細かな描き分けがうまい。

泰造が館のほうを指差した。

「今日は登志蔵さんが往診に出てんだ。もうじき帰ってくるはずだけど、先に始めてろってさ」

蛇杖院の館は、四つの建物で中庭を囲う四合院《しごういん》という方式で建てられている。南棟は門から近いので、診療部屋や待合部屋が置かれている。東棟は患者を預かって寝泊まりさせる場で、駒千代も療養中はここに部屋を与えられていた。北棟にも療養のための備えと、蘭方の外科《げか》手術をおこなうための部屋がある。

オランダ風にしつらえられた西棟は、玉石の住まいであり、書庫と薬庫も設けられている。オランダ語の学びは、駒千代が蛇杖院にいた頃から、西棟の客間でおこなわれていた。

西棟の客間に赴《おもむ》くと、玉石が手ずから茶の支度をしていた。オランダ人も好んで飲むという、赤みがかって澄んだ色の茶である。

「まあ、素敵！」

喜美に歓声を上げさせたのは、西洋風の調度だけではない。玉石が西洋風の着物に身を包んでいたからだ。瑞之助も目を見張ってしまった。

「お久しぶりだ、喜美どの。元気そうで何より」

玉石は男物の装いをすることも多いが、西洋の男物はさすがに初めて見た。ゆったりとした白い上着に、細身の黒い洋袴《ようばかま》。髪は下ろして一つに括《くく》っている。

客間の床は板張りで、椅子《いす》も卓《ターフル》もそっけないものだ。調度の類は、近頃になって書棚が一つ置かれた。

ものが多ければ埃がたまりやすくなる。天鵞絨《ビロード》の窓かけや毛足の長い絨毯《じゅうたん》などは、殊に埃を集めやすい。それが駒千代の喘病には毒となる。ひどい発作《ほっさ》をたびたび起こしていた頃に、この客間は模様替えをしたのだ。

喜美は珍しい茶と菓子に舌鼓《したつづみ》を打った。泰造が使っているオランダ語の教本が駒千代のものより込み入っているので、珍しがって目を丸くした。玉石がまとった着物の造りを知りたがり、前身頃を留める釦《クノプ》がきれいだと目を輝かせる。はしゃぎながらも、礼儀を損ねはしない。大人になったな、と瑞之助は感じた。

思いがけないことを、喜美が言いだした。

「蛇の日和丸《ひよりまる》は、どちらにいるのですか？」

玉石は小首をかしげた。

「書庫にいるはずだが」

「会ってみることはできますか？　駒千代さまの絵で見ました。小さくてかわいらしいと聞いて、気になっていたんです」

「蛇が恐ろしくないのか？」

「間近に見たことがないんです。蛇は気持ちが悪い姿をした生き物だと教わりましたけれど、駒千代さまの絵で見る限り、そんなふうには思えなくて」

なるほどとあいづちを打って、玉石は瑞之助に告げた。

「瑞之助、書庫から日和丸を連れておいで」

「わかりました」

日和丸は、薩摩の南方の島から積荷にまぎれてやって来た蛇だ。体の長さは一尺（約三〇センチ）ほど。太さも瑞之助の小指程度で、小さく華奢な蛇だ。明るい黄金色で、七本の黒い帯模様が入っている。

書庫の戸を開けると、日和丸は真正面の書棚でひょいと鎌首《かまくび》をもたげた。瑞之助が来ることがわかっていたかのようだ。

「日和丸、おいで。私の姪が日和丸に会ってみたいらしい。日和丸が嫌なら、触れさせはしないよ」

手を差し伸べると、するすると上ってくる。日和丸は瑞之助の手を気に入っている。鍛えている者の肌は、そうでない者より温かい。その熱が、南方育ちの日和丸には心地よいのだろう。

瑞之助が手に日和丸を乗せて戻ると、喜美ははしゃいだ声を上げた。

「まあ！　思っていたよりずっと小さくてかわいらしいわ！」

無理をしている様子はない。駒千代がくすりと笑った。

「やっぱり喜美さんは度胸がいいね。私は初め、びくびくしてしまったよ。日和丸がおとなしい愛敬者だとわかるまで、ちょっと恐ろしくて」

「日和丸は、実は強い毒を持っているんでしょう？　でも、お口が小さくて牙《きば》も短いから、人を嚙《か》んでも肌を破ることができないんですって？　そういうところもかわいらしいわ。守ってあげたくなります！」

喜美の言葉がわかったわけではあるまいが、日和丸は瑞之助の手の上で、あくびをするように、くわっと口を大きく開けた。ごく小さな牙と舌がのぞく。

もしも大きな蛇が大口を開けたのなら恐ろしいかもしれないが、日和丸だからかわいらしい。瑞之助も駒千代も喜美も笑顔になった。

玉石が指先で日和丸の体を撫でた。

「日和丸はおとなしいが、怒ることもあるぞ。登志蔵がかわいがって構いたがるのが鬱陶《うっとう》しいようでな。嚙みついてもどうにもならないとわかっているから、尻《しっ》尾《ぽ》の先でつつくんだ」

「ひょっとして、尻尾にも毒があるのですか？」

「いや、ない。つつかれたところで痛くもかゆくもないぞと、かえって登志蔵をおもしろがらせるだけだ」

瑞之助が苦笑して言葉を補った。

「登志蔵さんも日和丸をいじめたいわけではないんだ。ただ、ちょっと荒っぽいからね。登志蔵さん自身が丈夫だから、相手にも同じ丈夫さを求めるようなところがあるんだよ」

泰造と駒千代が真顔になってうなずいた。二人とも、早朝からの剣術稽古で、登志蔵にさんざんしごかれたのだ。瑞之助も初めの頃は、登志蔵の体力と技量に到底ついていけなかった。

ひょいと日和丸が伸び上がり、開け放たれた扉のほうを向いた。瑞之助もつられてそちらを向くと、静かな足音が近づいてきて、桜丸が姿を見せた。緩く結わえただけの髪が、秋の日差しを浴びてつやつやと輝いている。

「玉石さま、烏丸屋の使いの者が来ておりました。手紙を預かっております」

喜美が目を真ん丸にして口をぽかんと開けた。桜丸の美貌に驚愕したのだろう。さもありなん、と瑞之助は思う。すっかり見慣れた今になってさえ、桜丸の麗《うるわ》しさに目を奪われることがある。

玉石は、部屋に入ってきた桜丸から手紙を受け取り、すぐに開いた。微笑とも苦笑ともつかないものを顔に浮かべる。

「また春彦が江戸に来るらしい。もうじき着くみたいだな」

「春彦さんが？　それは嬉しい」

瑞之助が言うそばで、駒千代が喜美に「春彦さんは玉石さんの弟だよ」と教えている。稽古通詞見習いという肩書を持ち、上役の通詞やオランダ商館の人々に命じられて、使いっ走りのような仕事をしているらしい。

手紙の続きに目を通す玉石が、ほう、と声を上げた。

「前もって噂が流れていたとおり、本当に始まっているようだな。先月着任した商館医が長崎市中に出向いて診療と蘭学の指南をおこなっている。すでに日ノ本のあちこちから弟子が集まってきているのだとか」

「商館医が出島の外で蘭学指南をしているんですか。新しい試みですよね？」

「むろんだ。これによって長崎蘭学の興隆は江戸でも喧伝《けんでん》されることになるだろう、と春彦は書いているよ。少し前からオランダからの舶来品や蘭方医術への注目が集まるようになっていたのも、こうなることを見越して、その筋の者が仕掛けていたのだろう」

「今年になって春彦さんが江戸に出てきたのも？」

「おそらくそうだな。江戸と長崎は遠いようで、実は近い。長崎は天領《てんりょう》で、江戸の御旗本《おはたもと》がじかに出向いて治めている。我が烏丸屋のように、商いを通じたつながりも密だ。だから、長崎の話題は江戸に届きやすいのだよ」

泰造がくちばしを挟んだ。

「蘭学もそんなふうだって、登志蔵さんが言ってた。今年の船でどんな本が入ってきたかっていうことを、江戸の蘭学者はよく知ってるって」

「そうすることで利がある者がいる。だから噂を流す、というわけだ。浅草の天文台には、蕃書和解御用《ばんしょわげごよう》といって、オランダ語の書物、特に西洋の天文学や舎密《せいみ》学《がく》の本を和語に訳する仕事がある。その任に就いているのは、長崎のオランダ通詞だ。蘭学を世の中に広めたい者が、少なからずいるんだよ」

「でも、それってちょっと変じゃないですか？　日ノ本の民は異国と関わっちゃならねえっていう決まり事が二百年前からあるのに、ご公儀の肝煎《きもい》りで蘭学が推し進められるなんてさ。ま、俺にとっては都合がいいけど」

「固く禁じられているのは、キリシタンの教えに馴染むことだ。そこに抵触しない限り、学問や商いは許される」

「ふぅん。だったら、学問も商いも、もっと盛大にやりゃあいいのに」

大胆なことを言ってのける泰造に、瑞之助は少しはらはらした。

喜美が唇の前に人差し指を立てた。内緒話ですけれど、と前置きして口を開く。

「わたしの父は目付《めつけ》で、いずれ長崎に赴いてお仕事をすることが内々で決まっているんです。だから、長崎のことや蘭学のこと、長崎の通詞が『鎖国《さこく》』と名づけた今の世のあり方について、お屋敷にいらっしゃったお客さまとあれこれ論じたりしているんですよ。これから先、海防《かいぼう》についてはいろいろ変わるのかも」

桜丸が駒千代と喜美をじっと見つめている。そのことに気づいた瑞之助は首をかしげた。

「どうしたんですか、桜丸さん。二人に何か話したいことでも？」

駒千代と喜美が、ぱっと桜丸のほうを振り向いた。桜丸は目を伏せた。

「いえ、大したことではありませぬ。まだ、そのときではないようですので」

「そのとき？」

「瑞之助にはいずれ話しますよ。では、わたくしはこれで」

桜丸がしゃなりと去っていくのと入れ違いで、おふうが客間の戸口に立った。

喜美とおふうは仲がよい。二人は目を合わせると、ぱっと笑顔になった。

三

泰造は真樹次郎からお使いを頼まれた。本所《ほんじょ》に住む患者のもとに薬を届けてくれ、というのだ。

患者は武家の当主だと聞かされていたので、それなりに身構えていた。実際に屋敷を訪ねてみると、思っていたよりもはるかに立派で、度肝《どぎも》を抜かれた。

「とんでもねえ御旗本じゃねえか。こういう患者なら、瑞之助さんをお使いに出してくれよ……」

奉公人が使う通用口でさえきちんとしていたし、少しの間待たされていた小部屋のしつらえも上等だった。しかも、応対には、当主にじかに仕える用人がわざわざ出てきたのだ。

「え、ええと、蛇杖院の堀川真樹次郎の使いの者ですが、こちら、薬です。お届けするよう言いつかっています」

しどろもどろになって包みを差し出すと、鷹木阿助《たかぎあすけ》と名乗った用人は、強面《こわもて》をいくぶん緩めてみせた。

「確かに受け取った。礼を言うぞ、泰造どの。駄賃代わりに菓子を持って帰るとよい。今、女中に包ませておるのでな」

「そんな、もったいないことですよ」

「受け取っておくれ。蛇杖院の名医らのおかげで、屋敷が明るくなったのだ」

「殿さまのご病気、前はそんなに悪かったんですか？」

鷹木は声を落とした。

「うむ。このままでは殿のお命が危ういと、屋敷の者は皆、恐れておった。奥方さまは半ばあきらめてしまわれ、鬱々《うつうつ》としていらっしゃったのだ」

「持ち直してくれたんなら、本当によかったです」

「真樹次郎先生に処方していただいておる薬と、岩慶先生がお知恵を出されたという献立《こんだて》のおかげだ。わずか半年で、殿の目方《めかた》がずいぶん減った。三年続ければ人生が変わる、寿命が延びるとおっしゃってもらったことを励みに、殿も我らも頑張っておるのだ」

飽食《ほうしょく》と暴飲がたたってぶくぶくに太ってしまい、それがもとで数々の不調が出ていたのだ、と真樹次郎から聞いている。

武家の男でも、立ち上がれないほどに太ってしまうことがありうるのか。それが泰造には意外だった。とはいえ、そんなことはおくびにも出さない。神妙な顔をして、真樹次郎からの伝言を告げる。

「殿さまのお体の具合は来月、真樹次郎が屋敷にうかがって、診療をさせていただきますので」

「うむ、殿にもお伝えしておく。いや、まことにほっとしておるのだ。体を損ねて癇癪《かんしゃく》を起こしてばかりであった頃の殿は、まるで人が違ったようだった。それが今、かつての穏やかな殿に戻られた。あの癇癪は病が引き起こしておったのだな。奥方さまもお元気になられた」

消渇《しょうかち》と呼ばれる病である。

目方が極端に重い者が患う向きがある。疲れやすく、腎虚《じんきょ》となり、喉の渇きと多尿に悩まされる。ひどく怒りっぽくなるのもその症状の一つだ。悪化すれば、目が見えなくなったり、手足の指が壊死《えし》したりもするという。

鷹木はおしゃべりなたちらしい。女中が菓子を持ってくるまでの間、泰造を相手に話し続けていた。

「大和屋《やまとや》という呉服商を知っておるか？　その大旦那の吟右衛門《ぎんえもん》は、かつて真樹次郎先生の導きによってこの病に克《か》った。二年前と今では別人だぞ。目方も半分ほどになったのではないか。その吟右衛門から蛇杖院のことを聞いたのだ。去年の今頃であったな」

「その頃はひどい噂が広まってたせいで、患者さんがいなくなってたんですよね」

「さよう、あの頃は蛇杖院に近寄れなんだ。しかし、世間の噂などに惑わされず、さっさと相談しておればよかった。治療に取りかかるのは、早ければ早いほどよかろうて」

とにもかくにも、真樹次郎がかつて治療した大和屋の吟右衛門が熱心に蛇杖院の評判を広めてくれているらしい。

「真樹次郎という医者は、とにかく無礼千万な若造だが、腕は確かなのだ」と痛快そうに笑いながら語るのだという。

吟右衛門の件は泰造が蛇杖院に入る前のことだから、いまひとつぴんとこない。真樹次郎にもその旨を伝えると告げ、包んでもらった菓子を手に、屋敷を後にした。

蛇杖院の門が見えてきたところで、下男の朝助《あさすけ》が子供と話しているのが目に入った。子供は、藍染《あいぞ》めのお仕着せ姿の男の子だ。おそらく、どこかの店の小僧だろう。

朝助は四十過ぎで、背はあまり高くない。伸び盛《ざか》りの泰造が追いついたところだ。しかし、目方は朝助のほうがずっと重い。肥えているのではなく、骨太で、がっしりと厚みがあるのだ。力仕事を厭《いと》わない、働き者の体である。

「しかしまあ、朝助さんも変わったな」

見ず知らずの人、しかも子供を相手に、顔をまっすぐに向けて話をするなんて。

朝助の顔には目立つあざがあって、本人はひどくそれを気にしていた。子供や女はこのあざを気味悪がるからと、顔を伏せて人を避けてばかりいた。

変化のきっかけは、妻を得たことだろう。按摩師のりえと想い合って一緒になった。四十を過ぎて初めての春、と朝助は恥ずかしそうに言っていた。蛇杖院のすぐ裏手にある一軒家に二人で住んで、毎朝、仲良く通ってくる。

小僧がぺこりと頭を下げて駆け去るのと入れ違いで、泰造は門前にたどり着いた。

「ただいま。遅くなっちまった。御旗本に仕える用人って厳めしいもんだと思ってたけど、話し好きのおっさんでさ、長話に付き合わされてたんだ」

朝助はおずおずと微笑んだ。

「お帰り。これ、ついさっき預かった。泰造さん宛ての手紙だそうだ」

差し出された手紙の表書きは、きれいとは言いかねる女文字で「たいぞうさま」と綴《つづ》られている。泰造は目をしばたたいた。

「だ、誰から？」

「浅草聖天町にある中西屋という店の女中さんだと聞いたよ。さっきの小僧さんは、女中さんが書いた手紙を泰造さんに届けるようにと、お嬢さんから言いつかったらしい。中西屋は足袋の店だそうだが」

「ああ、なるほど」

足袋を商う中西屋。お嬢さんと女中。少し考えて、泰造は手を打った。

あいだよ、と名乗った子猫のような娘を思い出す。小さくて柔らかな手につかまれたこと。それをおふうに見られたこと。でも、その後もおふうは何事もなかったように振る舞っていること。一連の情景が頭をぐるりと巡った。途端に頰が熱くなった。

泰造はひったくるようにして、手紙を朝助から受け取った。

「だ、誰にも言わないでくれ。頼む」

「もちろんだ。気まずい思いはさせないよ」

「ありがとう。あの、ええと……」

おふうはどこにいる？　と訊こうとして、言葉を吞み込んだ。なぜここでおふうの名を出すのか、朝助は不思議に思うだろう。いや、すべて察して、にっこり笑うだろうか。それはそれで非常に気まずい。

朝助は、門の内側を指差した。

「ちょうど今、烏丸屋の手代さんが来て、玉石さまたちと話をしているよ。泰造さんも何か、入り用の本があると言ってなかったかい？」

「あ、そうだ。駒千代が読みたがってた本が、西棟じゃなくて烏丸屋にあるらしいんだ。玉石さん、忘れずに伝えてくれてるかな？　俺、行ってくる！」

駆けだす泰造に、裏庭にいるよ、と朝助が声を掛けてくれた。

「朝助さんは声も大きくなったな。はっきりしゃべるようにもなった。りえさんのため、か」

りえは目がほとんど見えない。幼い頃、痘瘡《とうそう》で目をやられてしまったという。でも、見えなくなった右目を指して「伊達政宗《だてまさむね》公のようで強そうでしょう」と得意げに言うのだ。ちょっと変わった人だ。でも、いい人だ。

そのりえにとって、声や音は、周囲を知るための第一の手立てだという。

朝助は声がいい。ようやく声変わりしたばかりの泰造では、あんなに低く優しい声は出せない。めったにしゃべらないのはもったいないと以前は思っていた。朝助の口数が増えたのは、りえと通じ合うために必要だからだ。

「何でそんなふうにできるんだ？」

難しいことを、やすやすと。

裏庭に出る前に、長屋の陰で足を止めた。朝助はこちらに来ていない。長屋からは物音が聞こえない。今なら誰にも見られていないはずだ。

泰造は手紙を広げた。

思いのほか、長い手紙だ。しかも、書式がきちんとしている。あいさつの文言《もんごん》から始まって、言葉遣いも丁寧な、いかにも女らしい文体の手紙である。

女からの手紙なんて、今までもらったこともない。こういう文を書くらしいというのは、駒千代のために手紙のいろはを登志蔵から習ったことがあるから、一応知っているが。

告げられている事柄は単純だ。会えて嬉しかった。また会いたい。たくさん話したい。

ざっくりまとめると、そういうことだ。

「うわぁ……」

何と言い表すこともできず、頭を抱えて呻く。体の奥の、どこだかわからないところが、こそばゆくてたまらない。

裏庭のほうから声が聞こえてくる。おふうの笑う声は、ほかの誰の声よりも、はっきりと泰造の耳に響いてくる。

泰造は手紙を畳んで袂《たもと》に突っ込むと、立ち上がって裏庭を目指した。

烏丸屋との行き来は多い。泰造もよくお使いを頼まれるので、烏丸屋の小僧や手代、番頭は全員顔を覚えている。奥を預かる女中も、半分くらいはわかる。

何となく予測していたとおり、裏庭には手代の江茂吉がいた。江茂吉は上方《かみがた》訛りで声がよく、爽やかで、女に人気がある。でも、泰造はちょっと苦手だ。

おふうが泰造に気づいた。

「やっと帰ってきたんだ。烏丸屋さんにお伝えすることがあるって言ってたでしょ。江茂吉さん、仕事を手伝いながら待っててくれたんだよ」

「ぼんやりするのも性《しょう》に合わへんさかい、薬種を干したり草むしりをしたり、いろいろさせてもらっとりました。泰造さん、本がお入り用や聞いたんですが」

泰造はうなずいた。咳払いをしてみたが、しばしばかすれる声は、こたびもまた、きれいに出なかった。

「蘭学の本なんです。玉石さんが言うには、たぶんほかの本と一緒に文机《ふづくえ》の上に重ねているはずだって」

「何という題の本ですやろ？」

「横文字の本なんで、わかりにくいと思います。紙に書いてもいいけど」

「それは自信あらへんな。聡兵衛さんならわからはるかもしれんけども、泰造さんに確かめてもろたほうがええわ。今度、烏丸屋にお使いに来はるときにでも」

上方訛りの柔らかな響きは、唄を聴いているみたいな心地になる。愛想のいい江茂吉の傍らで、おふうも愛想よくにこにこしている。お似合いだ、なんて思ってしまった。

泰造はそっぽを向いた。

「じゃあ、俺の用事、これで済んだんで」

早々にきびすを返したところで、おふうが声を上げた。

「ちょっと、泰造。ずいぶん待ってもらってたのに、その態度は何なのよ？」

「うるせえな。姉さんぶってんじゃねえよ」

「あんたのほうが年下でしょ。姉さんぶって何が悪いの？」

いらいらした。肩越しに振り向きながら、おあいからの手紙を取り出し、ひらひらと振ってみせる。

「おまえに付き合ってる暇なんかねえんだよ。さっきもらった手紙の返事、書かなけりゃなんねえしな」

おふうが切れ長な目を見張った。

「手紙？　誰からの？」

「おまえがあんまり知らない相手」

「……この間、向島のお師匠さまのところで会った子？」

眉をひそめたおふうの顔が、ひどく大人びて見えた。美人だ、と思った。いたたまれない気持ちになって、泰造は顔を背《そむ》けた。ぱっと駆けだす。

長屋の部屋に飛び込み、戸を閉めた。明るい外との落差のせいで、ものがよく見えない。草履《ぞうり》を脱ぎ散らして畳に上がり、ばたりと倒れ込む。

顔を伏せたとき、菓子の包みを肩に引っかけたままだったと気づいた。結び目の位置がずれて、首が絞《し》まっている。確か真樹次郎宛ての書付が一緒に包んであるから、南棟の診療部屋に届けたほうがいい。

でも、もうしばらく一人でいたい。

「書けるわけねえだろ、返事なんか……」

袂から取り出した手紙を、しかし投げ捨てることなどできず、そっと畳の上に置いた。

四

おうたが通う手習所は、蛇杖院からほど近い青文寺の庵で営まれている。去年までは老いた師匠が子供たちの面倒を見ていたそうだが、今は荒谷《あらや》一二三《ひふみ》という三十半ばの浪人が引き継いでいる。

一二三は、りえの兄だ。そんなわけもあって、一二三やその筆子《ふでこ》たちは、しばしば悪評の立つ蛇杖院にも馴染んでくれている。

幼子の病においては、瑞之助が診ることになっている。むろん、いまだ駆け出しの未熟者だから、師匠の真樹次郎や先達たちに相談しながらだ。

秋の風が残暑の日差しを和らげる昼下がりである。

青文寺の若僧《にゃくそう》が急ぎ足で蛇杖院を訪ねてきた。瑞之助を呼んでくるよう、一二三に頼まれたという。

「急に熱を出した子がいるんです。様子を見てやってもらえませんか?」

「わかりました。すぐに行きましょう」

ちょうど手の空いていた瑞之助は往診用の風呂敷包みを背負い、刀を腰に差した。南棟の診療部屋に詰める真樹次郎に一言告げて、門を出る。

そこで桜丸が待ちかまえていた。

「瑞之助、わたくしも連れてお行きなさい」

「行き先は青文寺ですよ。子供の病を診るのは苦手だと言っていたでしょう。大丈夫ですか？」

幼子は大人に比べて、体と魂の結びつきが弱いという。ちょっとした病にも抗《あらが》えず、命を落とすことがある。桜丸は、病の因果とでもいうべきものを見ることができる。幼子の周囲にはそれらが見えすぎるから、恐ろしいらしい。

だが、桜丸はかぶりを振った。

「今日はまいります。苦手と言ってばかりもいられませぬゆえ」

桜丸を前に、若僧は思わずといった様子で手を合わせていた。男とも女ともつかない桜丸の姿は、青文寺の観音菩薩《かんのんぼさつ》像と、どことなく重なるのだ。拝みたくなる気持ちは瑞之助にもわかるが、桜丸は白《しら》けた目をした。

短い道のりを歩いて青文寺に着くと、手習所はいつもより静かだった。一二三もひそひそとした声で告げた。

「熱を出した子供、おまさは、脇部屋で横になっておりますよ。眠っておるやもしれぬというので、こうして静かにしておるのです」

「なるほど。では、皆、おまさちゃんの具合を診ますね」

桜丸を振り向くと、小さく笑みを浮かべていた。

「安心なさい。穢《けが》れは見えませぬ。人から人へうつる病の心配はない、と言ってよいでしょう」

瑞之助が脇部屋に入ると、おまさはうっすらと目を開けた。おうたと同い年で仲が良いらしい。おうたの話によく登場する。

「あ、瑞之助先生だ」

瑞之助は声を少し大きくした。おまさは少し耳が遠いようなのだ。

「こんにちは。具合が悪くなったんだって？　脈を計らせてね」

「お熱があるみたいなの」

火照《ほて》った顔色で、目が潤《うる》んでいる。額や首筋に触れると、確かに熱い。おまさは洟《はな》をすすった。鼻が詰まって息苦しそうだ。とはいえ、重篤な病を示すきざしはない。桜丸も脇部屋の隅で黙っている。

「おまさちゃん、洟が出るのはいつから？」

「えっとね、夏にお兄ちゃんと水浴びをしたら、二人ともかぜをひいちゃったの。そのときから」

「六月の終わり頃に手習いをお休みしていたよね」

「一日だけね。あたしもお兄ちゃんも、かぜのお熱はすぐ引くの。でも、ずーっと洟が出ちゃう。ぐすぐすしすぎると、お熱が出るんだよ。子供の頃からそう」

八つのおまさが「子供の頃」などと言うので、つい笑ってしまった。年端《としは》のいかない子供が背伸びをしたような口を利くのは、何ともかわいらしい。

瑞之助は、風呂敷包みから本を取り出した。実は、ほかの医者のように薬箱を持ち歩いてはいない。診療を終えると、いったん蛇杖院に持ち帰り、真樹次郎に確かめた上で薬を処方し、患者のもとに届けるのだ。

洟が出るのがだらだらと続き、しまいには熱が出る。しかも、耳が少し遠い。そう聞いて、初菜から教わった幼子の病を思い出した。初菜は産科医なので、妊産婦の母を診るついでに、赤子や幼子を診ることも多い。

瑞之助が手にしたのは、登志蔵から借りた蘭方医術の本の写しだ。桜丸がのぞき込んできたので、指差しながら言った。

「鼻と耳の図です。奥のほうでつながっているんですよ。幼い子供は、鼻と耳の間の管が短いそうです。黄色い鼻水が出るときに、耳からも同じような耳だれが出ることがよくあると、初菜さんが言っていました。この管が短いせいで、鼻かぜが耳の病を引き起こしやすいんです」

「なるほど。おまさの熱も、鼻から穢れが入り、耳が病を得てしまったせいというわけですね」

「はい。この病に効く薬は、柴苓湯《さいれいとう》です。五百年近く前に唐土で編《あ》まれた『世医《せい》得効方《とくこうほう》』に載っている薬で、体のむくみや不要な水気を排出させる効果があります。耳だれが出る病も、不要な水気が耳の奥にあると考えられるので、この薬で落ち着くそうです」

柴苓湯、と桜丸は繰り返した。

「真樹次郎も同じ薬を出してやっていたような。子供の聞こえが悪いという相談は、わたくしもよく持ちかけられます。ですが、狐憑《きつね》きだ何だという類はめったにありませぬ。漢方の真樹次郎か蘭方の登志蔵、二人のどちらかが読み解いてしまいます」

「耳そのものの問題は、どちらかというと、登志蔵さんのほうが得意かもしれません。蘭方には、この図のように、人の体の造りやからくりを理解する、という考え方がありますから。聞こえの悪さが、より大きな不調の一部として現れている場合は、真樹次郎さんのほうが向いているかもしれませんね」

ほう、と桜丸は嘆息した。

「瑞之助もずいぶんしっかりしてきたものですね」

今は薬が手元にないので、後で届けに行く。おまさにそういう約束をして、家の場所を訊いた。青文寺のすぐ裏手だという。

おまさを家まで負ぶっていこうか、という相談を始めたところで、手習いがお開きになったらしい。一二三が顔を出した。

「いかがですかな？」

「大病ではありませんよ。うつる病でもないと桜丸さんが言っています」

「ならばよかった。おまさ、拙者《せっしゃ》が家まで送っていこう。起きなさい」

一二三がおまさを背負うと、ほかの筆子たちが「ずるい！」と言って大騒ぎを始めた。一二三は常日頃から、筆子たちにまとわりつかれたり、よじ登られたりしているらしい。

「大変でしょう？」

思わず瑞之助が言うと、一二三はけろりとしていた。

「足腰の鍛練《たんれん》になりますよ。しがない浪人といえど、拙者も武士の端くれ。子供らに寄ってたかってしがみつかれるくらいで、ひっくり返ってなどいられませんからな」

一二三はおまさを背負い、床の間の刀掛けから大小を取って腰に差すと、身軽な足取りで歩いていった。

瑞之助も帰路に就いた。おうたに手を引っ張られて瑞之助が続き、桜丸が優雅な歩みでついてくる。おうたが瑞之助を振り向いた。

「知ってる？　おふう姉さん、泰造さんと喧嘩してるんだよ」

「喧嘩？」

「お互い、やきもち焼いてるの。ほら、おふう姉さんは近頃、烏丸屋の人たちに持てるでしょ。泰造さんはそれが気に入らないの。それでね、おふう姉さんも、泰造さんが恋文をもらったからって、機嫌が悪いんだよ」

「えっ、恋文？　泰造さんが？」

「一生懸命に隠そうとして怪しいから、鎌をかけてみたんだ。そしたら、やっぱり恋文をもらってた。泰造さんもけっこう持てるんだよ」

瑞之助は面食らった。おうたはちょっと前まで舌足らずなしゃべり方をし、いかにも幼子らしい甘酸《あまず》っぱい匂いをさせていたのに、いつの間に色恋の話などするようになっていたのか。

桜丸がふっと笑う気配があった。

「子供というのは、おもしろいものですね」

おうたがすかさず言い返した。

「二十になってない人はまだ子供みたいなもんだって、一二三先生が言ってたよ。桜丸さんだって、まだ十九でしょ。あんまり大人じゃないくせに！」

「あなたたちと比べたら大人ですよ。とはいえ……やはり、まだ子供のうちやもしれぬ。そうも感じます。否《いな》、一つの確かな真実でもあるのです。わたくしは、子供……」

瑞之助は不吉なものを感じた。続きを聞けば、おうたを怖がらせてしまうかもしれない。何とはなしにそう思い、桜丸の真意を尋ねることができなかった。

おうたの他愛ない話にあいづちを打ちながら、蛇杖院に戻った。門をくぐると、おうたはぱっと駆けていく。今日どんなことを学んできたか、女中たちに話して聞かせるのだ。

瑞之助は桜丸をつかまえた。

「近頃、私の往診についてきてくれるのは、どういうことなんですか？　正吉っちゃんのときも、こたびもそう。喜美が来たときも、顔を出しましたよね。ひょっとして、子供の病に関して、何か気がかりなことがあるんですか？」

桜丸は顔を上げた。吸い込まれそうな漆黒《しっこく》の瞳《ひとみ》。紅を引いた唇が動く。

「瑞之助は、夢を見ますか？」

唐突な問いに面食らう。

「夢？　眠っているときに見る夢のことですか？」

「ええ。いかような夢を見ます？」

とっさに鬐に触れた。思い出したのは、おそよに髪を結ってもらう夢だ。頭を撫でてもらったこともある。細い指で頰に触れてもらったことも。笑い合ったり見つめ合ったり、楽しく過ごす夢ばかりだ。

桜丸が白けた顔をした。

「鼻の下が伸びていますよ。助平《すけべえ》なことを考えているでしょう？　まったく、訊いたわたくしが愚かでした」

「ひ、人聞きの悪い言い方をしないでください！　助平と非難されるほどのことは、夢の中では、今のところ一度も、な、何もしてませんから！」

「どうでもよろしゅうございます。本題に入りましょう。瑞之助には知らせておくべきだと思いますから、よく聞いておいでなさい」

瑞之助は気を取り直した。

「わかりました。桜丸さんが見る夢というのは？」

「これから起こるべき事柄を夢に見るのです。瑞之助、腹を括っておいでなさい。今年のうちに病が流行ります」

「それは、一昨年のダンホウかぜのようなものですか？」

「いえ、もっと恐ろしい、人の命をたやすく奪っていくほどの流行り病……おそらく、麻疹《はしか》です」

「え……」

「前に麻疹が流行ったのは二十年前。そこで一度かかった者は、二度目はかかりませぬ。問題となるのは、麻疹を知らぬ幼子たち」

「麻疹の流行のきざしがないかを探るために、子供の病の噂を聞くたびに足を運んでいるんですか」

「あい。手を打つならば、早いほうがよい。わたくしの目を瑞之助に託せるのなら、そうしたい。むろんできぬことゆえ、せめて看病の手立てを伝えとうございます。わたくしが倒れぬうちに」

次第に早口になってささやくと、桜丸はさっと背を向けて立ち去った。

瑞之助はぞっとした。

「今、桜丸さんは十九だ。二十年前の麻疹にかかっていない。病の前では、子供のうちなんだ」

桜丸は、病をもたらす穢れのみならず、この先起こるべき事柄や人の命数《めいすう》がうっすらと見えるという。その桜丸の目に、桜丸自身の命数がどんなふうに見えているのか。

どんな言葉で尋ねればよいのか、瑞之助にはわからなかった。

五

仲秋の名月の頃を過ぎると、風が急に秋めいてきた。蛇杖院の庭には秋の七草が咲いている。

オランダ語を学ぶべく、駒千代が蛇杖院を訪れている。登志蔵と泰造が往診から戻るのを、中庭で待っているところだった。

駒千代が熱心に描いているのは、藤袴《ふじばかま》の花だ。

「相変わらず見事に描くものだね」

瑞之助は駒千代の後ろからのぞき込んだ。素早い筆運びが止まったところで声を掛けたのだが、駒千代はまったく気づいていなかったらしい。わっと叫びながら跳び上がった。

「いつから見てたんですか？」

「ちょっと前からだよ。ずいぶん集中していたね」

駒千代は、ふわふわした眉を寄せた。

「私の絵は何か足りないんです。蘭学の草木の本の絵と、どこか違う。葉の脈がどんなふうに走っているか、葉の縁は滑《なめ》らかなのかぎざぎざなのか、厚みはどうか、花びらは何枚なのか、花びらに筋模様があるのかないのか。こだわるところを間違ってはいないはずなんですけど」

駒千代の絵は精密だ。細い筆先で迷いのない線を引き、あるがままの形を紙の上に写し取る。

「確かに、駒千代さんの絵はきれいなんだけど、蘭学の本とはあり方が違う気がするね。しかし、どこがどう違うのか」

「見えるとおりに描いているつもりなんですよ。浮世絵や山水画には、型というか、独特の癖があるでしょう？ それが出ないようにしてるつもりで」

「わかるよ。見慣れた画風の癖を排するのは難しいだろう。でも、それができるのが、駒千代さんのすごいところだ」

駒千代は首をすくめるようにして照れた。

泰造が中庭へ駆けてきた。

「お待たせ！ 登志蔵さんともども、今帰ったぜ！」

前回は喜美が来ていたため、いつものようにはオランダ語の学びが進まなかった。喜美とおふうを交えてのお茶会は楽しかったが、駒千代と泰造はちょっと不満も抱いたらしい。おなごはおしゃべりだよな、などと愚痴《ぐち》を交わしていた。

そのぶん、今日は張り切っているのだ。

ふと、登志蔵がこぼした。

「おまえたちにオランダ語を教えるようになって、俺自身、読み書きの精度が上がった。しかしなあ、これじゃあまったく物足りねえんだ」

瑞之助は書き取りの手を止めた。

「物足りない、というのは？」

「しゃべれねえだろ。オランダ語をかな書きにした字引きは幾種も揃ってるが、同じ言葉についても書き方に揺れがあって、どれが本物に近いのかがわからねえ。長崎の通詞は口伝《くでん》でもオランダ語を学べるから、聴くのとしゃべるのもできるそうだ。うらやましいぜ」

登志蔵は話し好きだ。殊に、好きな学問の話となると止まらない。できることなら、原書のままのオランダ語で蘭学のことを語りたいのだろう。それができないのを不満に思っているのだ。

「やっぱり長崎へ学びに行くのがいちばんなのか」

何気なく言うと、登志蔵はくっきりと大きな目を見張った。

「箱入りのお坊ちゃん育ちの瑞之助がそんなことを言いだすとはな」

「いつまでもお坊ちゃん扱いしないでくださいよ」

客間の戸を叩く音がした。泰造が素早く立って戸を開けに行く。

玉石が客間に入ってきた。一人ではない。齢《よわい》三十ほどとおぼしき、頭巾をかぶった男を連れている。

「長崎からの来客だ。楢林勘吾という。わたしゃ春彦の幼馴染みだよ」

勘吾は、どこか陰のある美男子だ。目元の泣きぼくろと、伏しがちな長いまつげ。儚《はかな》げな美貌の桜丸と、たたずまいが少し似ているかもしれない。

登志蔵が勘吾の姓に反応した。

「楢林って、オランダ通詞の家柄じゃねえか」

「わ、私の家をご存じなんですか」

「俺は長崎に遊学していた頃もあるからな。楢林家には、蘭学者や蘭方医として名を成した人がいるだろう？」

「親戚筋です。私は到底そんなふうにはなれません。稽古通詞見習いという立場で、こたびは江戸での雑用をこなすために長崎から遣わされました。本当に、軽輩なんですよ」

「それでも通詞に関わる仕事を任されてるってわけだ。オランダ人ともしゃべれるんだろ？」

「難しい学問や商いや政の話でないなら、一応は」

駒千代と泰造が、ぱっと明るい顔をした。途端、我先にと自分の帳面を持って、勘吾のところへ飛んでいく。

「よかったら、このくだりを読んでもらえませんか？」

「和解に載ってねえ言葉があるんだ。これ、何て読めばいい？」

二人の勢いにびっくりした様子の勘吾は、許しを求めるように玉石のほうを見た。玉石がうなずくと、嬉しそうに笑って、ゆっくりとオランダ語の文を読み上げていく。

登志蔵がじっと黙って聞いている。なるほどな、と唇が動いた。登志蔵の才は凄まじいが、それでも、幼い頃から身近にオランダ語があった勘吾とは違う。

勘吾がオランダ語の音読をしている間に、玉石が茶を淹《い》れた。勘吾の土産で、肥前国嬉野《ひぜんのくにうれしの》の茶だという。茶菓子は有平糖《あるへいとう》。以前、玉石の弟の春彦が長崎土産に買ってきた菓子である。

遠慮のない泰造は、すでに勘吾にも親しげな口を利いている。

「勘吾さん、その頭巾、暑くないか？」

「ああ、見るだけで暑苦しいかな。すまないね。私は生まれつき髪が縮れていて、どうにも収まりが悪いから……恥ずかしくて、頭巾が手放せないんだ。髪のことでいじめられていた子供の頃から、ずっと」

駒千代が庇うように言った。

「生まれつきのものじゃ仕方ないですよね。私も生まれつき喘病があったせいで体つきが貧相だから、兄たちからいじめられて、嫌な思いをしてきたんです。だから、勘吾さんの気持ち、わかります」

三十いくつかの大人の男に対して、まるで友達同士のような口ぶりである。だが、勘吾は気が優しいようで、眉尻も目尻も下げて微笑んでいる。

茶で一服しながら、玉石は勘吾に長崎の近況を尋ねた。話題の中心はやはり、シーボルトという商館医が長崎市中での診療をおこなっている件だ。

勘吾が言った。

「シーボルト先生には、蘭学を広く教えたいという志《こころざし》もあると聞きました。特に、草木の分類の学に詳しいのだとか。その分類の学の草分けとなったのはリンネという学者ですが、シーボルト先生はリンネの本も持ってきたそうですよ」

泰造は駒千代の肩をつついて促した。駒千代は、オランダ語のものとは別の帳面をおずおずと開いた。

「これ、見てもらえませんか？　私も蘭学の草木の分類の学に興味があって、図譜の真似をして、いろいろ描いてるんです」

先ほど仕上げていた絵だ。藤袴の姿を実に見事に写しているのだが、何かが違うと首をかしげていた。

勘吾が目を見開き、吸い寄せられるように駒千代の絵を見ている。息さえしていないのではないか、と思われた。じっとしばらく動かずにいた後、玉石に名を呼ばれてようやく我に返る。

「す、すみません。見入ってしまって。素晴らしい才ですね。こんな絵を、この若さで描けるなんて……」

「勘吾、おまえも絵は昔から得意じゃないか」

「そんな、おこがましい。この絵の足下にも及びません。私の絵の才は中途半端で、到底いちばんになどなれないと、昔からわかっていたんです。誉《ほ》めてくれるのは、たま姉さまくらいのものでしたから」

たまというのは玉石の本名だ。昔はその名で呼ばれていたそうだが、今は号の玉石しか使っていない。

「駒千代は確かに画才に恵まれている。だが、これでも飽き足らず、蘭学を身近に見てきたおまえに助言を求めているんだよ。何か気づいたことはないか？」

「身近にとはいっても、家にそういう本があったというだけで、私は非才で、草木の分類の学も、さほど……ごめんなさい、お役に立てそうには……」

そう言った勘吾は、今にも泣きだしそうに見えた。駒千代は大慌てで言いつくろった。

「こちらこそ、ごめんなさい。急にわがままをぶつけられたら、困りますよね。蘭学者の誰もが草木の本を読んでいるわけでもないし、ましてや勘吾さんは通詞であって学者ではないのに」

「稽古通詞見習い、ですよ。正式な通詞でもない下《した》っ端《ぱ》です。蘭学か商いに少しでも秀《ひい》でていれば、家柄の後押しもあるから、ちゃんとした通詞になれたのに。情けないでしょう？」

「大丈夫ですよ。私も家族の中で一人だけ、どうしようもないみそっかすで、体が弱くて、落ちこぼれだったんです。いまだに剣術が下手な私に比べたら、勘吾さんのオランダ語はずっとお上手ですから、そんなに落ち込まないでください」

駒千代が一生懸命なので、呆《あき》れ顔《がお》の登志蔵も口を開かずに見守っている。お堅《かた》い武家育ちの登志蔵は、日頃の軽妙な言動とは裏腹に、自他に対して厳しい。大の男が弱音ばっかり吐きやがって情けねえ、と顔に書いてある。

瑞之助は話を切り換えた。

「勘吾さんはしばらく江戸にいらっしゃるんでしたっけ？　どちらにお泊まりなんですか？」

のろのろと顔を上げた勘吾だったが、またうつむきながら答えた。

「な、長崎屋《ながさきや》です。日本橋の本石町《ほんごくちょう》の」

「オランダ人が江戸参府の際に泊まるという、薬種問屋で旅籠《はたご》の、あの長崎屋ですか？」

「はい」

「すごい。長崎屋は有名ですよね。内装も立派だと聞きます。もし勘吾さんがご迷惑でないなら、遊びに行かせてもらえませんか？　私も長崎には関心があるんです」

「わ、私などでお役に立てるのなら、ぜひ。長崎屋は、いい旅籠ですよ。私は大伯父の紹介で泊まらせてもらえるんです。そうでなければ、あんな贅沢なんてできません。長崎に関心があるというのは、やはり遊学のために？」

「ええ。見聞を広げてみたくて」

　玉石が口を挟んだ。

「この瑞之助はものすごい秀才なんだぞ。医者になりたいと言いだしたのは、わずか二年前。厳しい試験を設けてみたら、逃げだすどころか、見事に及第してしまった」

　一瞬、勘吾のまなざしが異様に強く輝いて瑞之助を射貫いた。そんなふうに、瑞之助は感じた。思わず勘吾に向き直ると、すでに目を伏せている。頭巾の陰になって、目元が見えない。

睨まれた、というのとは少し違う。殺気とも違った。似てはいるが、もっと暗くて重く、じっとりとしていた。

「勘吾さん、どうかしました？」

「……いえ、ちょっと驚いたんです。たま姉さまがそんなに人を誉めるなんて」

たま、と名を再び勘吾が口にした。泰造と駒千代はきょとんとしている。玉石がみずから訂正した。

「古い名で呼ぶなと言っただろう。今のわたしは、玉石と名乗っている」

「ごめんなさい」

「謝ってばかりだな。おまえの悪い癖だ」

勘吾がまたしおれてしまうのが見て取れたので、瑞之助は思わず庇った。

「私もここへ来たばかりの頃、すみませんと謝ってばかりで、蛇杖院の皆に叱られたものですよ。でも、口癖になっていると、なかなか抜けないんですよね」

「旗本のお坊ちゃんなのに、変わってるだろ」

登志蔵が瑞之助をつつく。勘吾はぎこちなく笑った。登志蔵の強いまなざしに気圧《けお》されたように目を泳がせる。その目が、登志蔵の持つ本の上に留まった。

「オランダ流医術の本、ですか」

「ああ。この西棟の書庫には、玉石さんが蒐集した医書が収められている。洋の東西を問わずだ。長崎で見たことのある本か？」

「い、いいえ、私はあまり、医術にまつわる言葉がわからないので……でも、たま姉さまが教えてくれたことなら覚えています。珍しい病についても聞かせてもらいました。ねえ、たま姉さま」

懐かしそうに目を細める勘吾に、玉石は嘆息交じりで言った。

「玉石」

「……はい、玉石さま」

「読みたい本があるなら言いなさい。知りたいことがあるんじゃないのか？」

「な、なぜわかったんですか？」

「蛇杖院の者は、調べ物が出来《しゅったい》すると西棟に来る。おまえは今、そういうときの皆と同じ目をして、きょろきょろと何かを探している」

落ち着かなそうな勘吾の様子を、玉石はそんなふうに解釈していたらしい。勘吾はほっとした顔で話し始めた。

「不思議な病の話を聞いたんです。手足の指の節々、特に足の親指の付け根や足の甲が腫れ上がって痛む病が、ヨーロッパにはあるんでしょう？　主に男がかかる病だそうです。真っ赤に腫れたところがとうとう破れてしまうと、肌の下から、膿《うみ》や白いかたまりが飛び出してくるのだとか」

痛々しい様子を思い描いて、瑞之助は思わず顔をしかめた。泰造と駒千代も「うわあ」と声を上げた。

玉石と登志蔵は心当たりがあるようで、目を見交わした。

「痛風《ガウト》だな」

「なあ、玉石さん。いや、それはアンゲリア語で、オランダ語ではジフトだったか」

「イギリスの医者がガウトについて書いた論をオランダ語に訳したやつ、書庫にあったよな？」

「あるはずだ。その論だけを手書きで写したものと、節々の慢性の痛みに関するさまざまな論をまとめた分厚い本がある」

「分厚いほうは読んだことがねえな。節々の慢性の痛みっていうと、痺証《ひしょう》や脚気《かっけ》も含まれるのか？」

「ああ。痺証は、リウマチと呼ばれる病におおよそ相当するようだ。脚気はベリベリという。船乗りがかかりやすい病だと書いてあった」

登志蔵が立ち上がった。

「書庫から取ってくる。俺が思うに、日ノ本にガウトがまったくないってことはないだろう。少ないのは間違いねえだろうが、痺証の一種だとみなされちまってるんじゃねえか？」

さっさと行ってしまった登志蔵の後を引き継いで、玉石が言った。

「痺証とみなされているかもしれんというのは、わたしも思う。あるいは、また別の病の陰に隠れているのかもしれん。ヨーロッパにおいて、ガウトを発するのは肥満体、もしくは体を動かさない男に多い。大酒飲みで、特に葡萄酒《ぶどうしゅ》や麦の酒を好み、脂《あぶら》の多い牛の肉を好んで食べると、ガウトを発しやすいらしい」

瑞之助にとっては、初めて聞いた病だ。

「葡萄酒や麦の酒に、牛の肉ですか。それらを多く取りすぎると、臓腑《ぞうふ》の働きや気血《きけつ》の巡りが悪くなって病を発してしまう、ということでしょうか？」

「おそらくな。いずれの臓腑が病むのかは未詳のようだが、血がおかしくなるのは確かだそうだ。ガウト患者の血を顕微鏡《ミコラスコーピユン》でのぞくと、尿中に含まれるはずのもの、ごく小さな石のようなかたまりが、異常に多く含まれていたらしい」

勘吾はいつの間にか矢立《やたて》を取り出し、懐《ふところ》に差していた帳面に書きつけていた。

駒千代が伸び上がって勘吾の手元をのぞいた。

「熱心ですね。ひょっとして、ガウトの患者さんが身近にいるんですか？」

「あ、その……な、長崎の出島で、そういう話を聞くことがあるもので」

「西洋人の男には多い病なんですよね。出島の商館に滞在する人は心身が丈夫だ、そうでないとはるばる日ノ本まで長旅をしてこられない、と義父上《ちち》から聞きました。それでも、いつ病にかかるかわからないのが人間ですからね」

「え、ええ。そのために、商館医というお役もあるんです。長崎では、漢方医に治せない病やけががあれば出島の商館医を頼る向きがありますが、本来、商館医は出島の人々のための医者なんです」

玉石が言った。

「出島の中には薬園もある。ただ、狭いんだ。商館の者は、自分たちが持ち込んだ薬草ばかりでなく、日ノ本の草木も植えたいのにな。だから、烏丸屋では一部の西洋薬種を代わりに育てていた。ガウトの薬となるコルチカムという花もな」

「えっ？　ガウトを治す薬があるんですか？」

目を丸くする勘吾に、玉石は笑った。

「二千年も昔から、西洋ではよく知られている薬だそうだ。ただし、コルチカムは、量が過ぎれば毒になるという。日ノ本では珍しいものだから、花から抽出《ちゆうしゆつ》した薬を、この西棟の薬庫に置いているよ。薬毒の蒐集はやめられない」

「それは……あの、玉石さま。薬庫を見せてもらうことはできますか？」

「薬や毒について知らない者には何のおもしろみもない部屋だぞ。漢方の薬箪《くすりだん》笥《す》と蘭方の薬瓶《やくびん》が並んでいるだけだ」

「え、ええ、そうかもしれませんが……」

勘吾は玉石が大切にしているものを見てみたいのだろう、と瑞之助は感じた。話の中身がわからずとも、大切な人が目を輝かせて何かを語るさまは、傍で見ているだけで嬉しくなる。

何をするにも手早い登志蔵が、本を二冊持って戻ってきた。本といっても、重厚な革の装丁のものは片方のみ。もう片方は、平たい革の袋に紙が数十枚挟んであるだけの代物だ。

登志蔵から二冊とも受け取ると、玉石は勘吾に尋ねた。

「貸そうか？」

「いいんですか？」

「もっとも、おまえが苦手とする医術の用語が連なっている。読みづらいぞ」

そうそう、と登志蔵も口を挟んだ。

「和解にも載ってない言葉が多い。俺も玉石さんも、文脈をたどってみればこういうことだろう、という読み方をしている。必要なら、和語に直してみるが」

勘吾は薄いほうの一冊を受け取りながら、かぶりを振った。

「読めるだけ読んでみます」

玉石は立ち上がった。

「それじゃ、ついでに薬庫を案内しよう。泰造と駒千代も初めてだろう？　せっかくだから、ついておいで」

泰造と駒千代は目を見合わせ、わあっと歓声を上げた。

登志蔵は入れ替わりで、客間に残ると言った。持ってきたばかりの分厚い本を読みたいらしい。すぐに戻りますと断って、瑞之助は薬庫見物の殿《しんがり》についた。

玉石は「何のおもしろみもない」と言ったが、その実、薬や毒に詳しくない駒千代や勘吾も、薬庫の見物を大いに楽しんだ。

というのも、コルチカムをはじめとする西洋渡りの薬や毒は、隠し扉の奥に収められていたのだ。

「見ていてごらん」

玉石がそう言って、一見何の変哲もない棚を押した。その棚が、中央を軸にしてくるりと動いた。

「うわっ、すごい！」

駒千代たちが口々に叫ぶ。瑞之助がこの隠し扉が動くところを見るのは三度目だ。知ってはいても、わくわくする。

よくよく見れば、棚に置かれた瓶は底部が糊《のり》づけされ、扉を動かしても落下しないようになっていた。床にもうっすらと、扉がこすれた形跡が見て取れる。

駒千代と泰造は、並べられている薬や毒よりも、隠し扉の仕掛けに夢中になった。玉石も何となく得意げだった。

帰り際になって、泰造が勘吾にぼそりと言うのが聞こえた。

「勘吾さんって、ひょっとして、友達が少ねえの？　うまくしゃべれなくて焦ってんだろ。でも、気にすんな。蛇杖院の連中はみんな変わり者で、はぐれ者なんだ。びくびくせず、また遊びに来いよ」

荒っぽい言葉だったし、年下にそういう気遣いをされるのも気まずいものかもしれなかった。それでも、勘吾はおずおずと微笑んで泰造に礼を言った。

「勘吾さんとも親しくなれたらいいな。長崎の話を聞かせてもらいたい」

瑞之助は独り言ちた。もう一人の長崎の友、春彦のことを思い出しながら。

六

仲秋八月も終わりが見えてきた。秋の深まる気配を感じながら、瑞之助は深川清住町の裏長屋を後にした。正吉の往診である。

今日の正吉は、はっきりとは目覚めなかった。脈を按《あん》じて熱を測り、痺れて強張った手足を軽く動かしてほぐした。痛みを鎮《しず》めるための飲み薬も置いてきた。

正吉の目方はどんどん減っていく。手の施しようがないことはわかっている。だが、投げ出すことはできない。

青白い正吉の頬には、あばたが北斗七星《ほくとしちせい》のような形で並んでいる。かつて疱瘡に打ち克《か》った証だ。

七つまでは神のうちといい、幼子の魂はいつ病魔に刈り取られてもおかしくない。正吉は今まで、そうした病をいくつも越えてきたはずだ。それだというのに、わずか十歳にして死病にとらわれるとは、何と酷《こく》なことか。

正吉の両親の前で、瑞之助は静かな笑顔を保つことを心掛けていた。だが、通りを歩きだすと、面を外すように笑みが剝《は》がれ落ちた。無力だ、と感じている。瑞之助がそう感じていることを、正吉の両親もまた察しているだろう。

子供の足音がいくつかついてくる。瑞之助は立ち止まり、振り向いた。

男の子が三人、瑞之助を睨みつけている。

「正吉っちゃんの友達だね。見舞いに来ていたことがあるだろう?」

瑞之助が言うと、男の子たちはうなずいた。目つきの険しさは変わらない。腰に刀を差した大人の男を相手に、十《とお》になるかならないかの子供たちが一歩も怯《ひる》まないのだ。

「正吉っちゃんの病、あんたなら治せるのか？」

まっすぐな問いが投げかけられる。瑞之助はかぶりを振った。

「治せない。今の世の医者には治せない病なんだ。なるたけ苦しみや痛みを除いてあげたい。私にできることは、それだけだよ」

言葉尻を発したかどうかのところで、何かを投げつけられた。瑞之助はあえて動かなかった。泥団子が胸に当たった。木綿《もめん》の着物が汚れる。

「藪《やぶ》医者め！　高い薬だけ売りつけて、正吉っちゃんを治せないなんて！」

泥団子の次は、罵声とともに小石が飛んできた。

男の子たちは目を潤ませながら、ぎりぎりのところでこらえている。それでも、瑞之助を罵る声は、隠しようもなく涙で湿っている。

不意に人垣が割れた。

「こらこら、坊主ども。人に石なんぞ投げるもんじゃねえぞ。友達の病が心配なのはわかるが、医者に八つ当たりしてもしょうがねえだろう」

目明かしの充兵衛が渋面で現れた。

男の子たちは、充兵衛が帯に差した十手を指差し、あっと声を上げた。

「うわ、目明かしの親分だ！」

逃げろ、と一人が言った。と思うと、三人とも、あっという間に駆け去った。

充兵衛が瑞之助に苦笑を向けた。瑞之助は頭を下げた。

「庇ってくださって、ありがとうございます」

「ご自分でどうにかしちまうかと思いきや、黙ってんですからねえ。つい出しゃばっちまいましたよ」

「あの子たちに嘘《うそ》をつきたくなかったので」

「まじめだなあ。背負いすぎちゃいけませんぜ。世の中にゃ、どうしようもないさだめってものもありやす。そう気を落とさんでください」

瑞之助はかぶりを振って微笑んだ。

「大丈夫です。悲しい気持ちはありますが、すでに割り切ってしまってもいるんです。冷たいでしょう?」

「心を守るためには、そうしなけりゃならねえんでさあね。あっしら捕り方も、どうしようもねえと割り切る場面ってのはありまさあ。心に澱《おり》がたまりすぎねえよう、上手《じょうず》に息抜きしといてくだせえよ」

はい、ありがとうございます、と作り笑顔で応じる。

充兵衛と別れて歩きだしたところで、聞き覚えのある声がした。

「やれやれだ。野次馬が集まっているから足を向けてみれば、蛇杖院の医者はやっぱり人騒がせなものだね」

瑞之助はぱっと振り向いた。

壁に背をもたれていたのは、思ったとおり春彦だ。姉の玉石とも似た、すらりと長身の洒落者《しゃれ》である。長崎からの長旅を経て、江戸に出てきたのだ。

「春彦さん、久しぶりですね。つい先日、春彦さんもこちらへ着く頃だという話になったんですよ。お変わりありませんか？」

「相変わらずさ。瑞之助さんは、また倒れたりしていない？」

「元気ですよ。ご覧のとおり、一人で往診に出るようにもなりました」

「すっかり一人前じゃないか。今から蛇杖院に戻るんだろう？」

「はい。春彦さんも？」

春彦は風呂敷包みを持ち上げてみせた。

「姉さんへの土産は、じかに持っていきたくてね。一緒にいいかい？」

「もちろんです」

深川清住町から小梅村の蛇杖院まで、一里（約四キロ）ほどの道のりだ。本所と中之郷《なかのごう》をまっすぐ北へ突っ切っていく。

勘吾が先日、蛇杖院を訪ねてきたことを話すと、春彦は微妙な顔をした。

「ほう。こちらが支度に手間取っている間に、さっさと江戸に着いていたのか」

「幼馴染みと聞きましたよ。歳は少し離れているように見えますが」

「勘吾は私より四つ年上、姉さんより四つ年下だ。確かに幼い頃から知ってはいるが、親しくはしていないよ。姉さんは、慕ってくる年下の者に甘いから、構ってやっているけれど。それで、あいつは何をしに来たの？」

「玉石さんの顔を見に、といったところだと思います。私たちも土産を振る舞ってもらいました。肥前国嬉野の茶に、茶菓子は有平糖。以前、春彦さんが持ってきてくれたのと同じ店のものだったと思います」

春彦は風呂敷包に手を突っ込むと、包みを取り出した。

「ひょっとして、これかな？」

「まさにその包みの有平糖です。たまたま同じものを買ってきたんですか？」

「いや、それは……だが、ああ、まいったな」

瑞之助は春彦の横顔を見上げた。六尺（約一八一センチ）余りの長身で、手足が長い。撫《な》で肩《がた》で肉づきが薄いため、大きいというより、長いという印象である。

「もしかして、同じお茶も買ってきた、とか？」

「たぶん同じ品だろうね。長崎には珍しい品があふれているけれど、江戸まで自分で持ち運べる土産で、姉さんの口に合うものとなると、限られるんだよ。それをうっかり、勘吾にも教えてしまった」

たまたまではなく、真似をされたということか。しかも、先を越されてしまった。春彦が微妙な顔をするのも道理だ。

春彦は歌うような口ぶりで言った。

「私はね、姉さんに言い寄るやつは軒並《のきな》み信用できないと思っているから。許せる男は一人いたけど、すでに鬼籍に入っている。さっきも言ったとおり、姉さんは甘いんだ。私が目を光らせているくらいでちょうどいい」

本気とも冗談ともつかないことをうそぶいて、春彦は伸びをした。ついでにあくびもした。長旅の疲れが出ているのかもしれない。

西日に照らされながら、瑞之助は春彦の歩みに合わせ、のんびりと小梅村を目指した。

第三話　明暗

一

深川は八幡町《はちまんちょう》のにぎわいからいくらか外れた海辺大工町《うみべだいくちょう》に、かつて、唐栗屋《からくりや》という料理茶屋があった。

唐栗屋が閉まったのは八年ほど前だ。主の八郎兵衛《はちろべえ》が、節々が腫れ上がって痛む奇病にかかった。看病に当たっていたその妻はある晩、うっと呻いたきり動かなくなった。中風だった。

妻に先立たれてがっくりときた八郎兵衛は、店の者たちに暇《ひま》を出し、唐栗屋を畳んでしまった。実は、料理茶屋を営んでいたのは道楽に過ぎなかった。あちこちに土地と建物を持っている八郎兵衛は、働かずとも暮らしていけるのだ。

八郎兵衛には、おさねという一人娘がいた。唐栗屋の番頭と一緒になるはずだったが、八郎兵衛が店を畳んだため、その話は反故《ほご》になった。おさねはむしろ喜んだ。以来、気楽な独り身のまま、病身の父の世話は馴染みの女中に任せ、父の持ち家である仕舞屋《しもたや》で暮らしている。

八郎兵衛の奇病は重くなる一方だった。ひとたび発作が起こると、一か月もの間、痛みに苦しまなくてはならない。

節々の痛みの病というと、痺証と呼ばれるものがある。体の外から邪が侵入し、炎症や痛みなどを引き起こすのだ。

風邪《ふうじや》によって起こされるならば、痛みは体の各所を転々とする。寒邪《かんじや》によるならば、痛みが強烈で、節々が曲がらなくなる。湿邪《しつじや》によるならば、体が重くなり、肌に痺れが出る。熱邪《ねつじや》によるならば、節々や肉が赤く腫れ、熱を持つ。

八郎兵衛の奇病を医者に診せると、決まって「痺証なり」と告げられる。だが、いかなる邪による痺証なのかという診断はばらばらになる。処方される薬も、むろん毎度異なる。

「いや、これは痺証ではない。痺証は、儂のおふくろを苦しめた病だ。節々がすり減るように縮み、手足の指が次第に歪んでいく。それを儂は長年見ておったのだ。儂の病は、それではない」

八郎兵衛がどれほど訴えても、奇病の正体を見抜いて治療を施せる医者には出会えなかった。八郎兵衛は、腫れ上がった両足を投げ出した格好で、でっぷり太った体を波打たせながら、痛みに苦しむ日々を送っていた。

それが変わったのが、半年ほど前のことである。

八郎兵衛の暮らしに変化をもたらしたのは、おさねが連れてきた若い医者だった。おさねは暇潰《ひまつぶ》しも兼ねて、知り合いの店で酌婦《しゃくふ》をしている。その店で飲んでいた客こそが、蘭方医の戸村陵斎《とむらりょうさい》だった。

初めは、婀娜《あだ》っぽい年増《としま》女のおさねの目に、陵斎は何とも子供っぽく映った。小太りで丸顔のため、実の齢よりも幼く見える。格好をつけて高い酒を頼むのが、背伸びをしている子供のようだった。

だが、おさねを苛《さいな》む癪《しゃく》の痛みを陵斎が見事に鎮めたというので、話が一転した。蘭方医術を修めた陵斎は、二十七の若さではあるものの、なかなかの腕利きだった。

望みを持ったおさねは、陵斎と八郎兵衛を引き合わせた。驚くべきことに、陵斎は八郎兵衛の奇病の正体を知っていた。西洋渡りの医書で確かに読んだことがあるという。

「旦那さまの病を治すための薬を、必ずや見つけてまいります。ですから、今日のところは、西洋に伝わる養生法《ようじょうほう》をお試しになって、お休みください」

そう言って、陵斎は卵と麦の粉を混ぜて膏薬《こうやく》を作り、湿布《しっぷ》にして八郎兵衛の患部に貼りつけた。八郎兵衛にたっぷりの麦湯を飲ませ、食事も麦で作った粥《かゆ》のみとした。西洋では米ではなく、麦をよく食すると説《と》きながらである。

果たして、陵斎の治療を受けた翌日、八郎兵衛を苦しめていた痛みが久方ぶりに和らいだ。八郎兵衛は大いに喜び、陵斎に多額の謝礼を支払った。おさねもまた、有能な陵斎に首ったけになっていた。

「実はな、あれは賭けみたいなもんだったんだ。おさねの癪の薬も、八郎兵衛の奇病の治療も、かつて本で読んで何となく覚えていたものを試した。それが当ったのさ」

酔いの回った陵斎は、機嫌よく勘吾に打ち明けた。勘吾が江戸に着いて五日目のことだ。陵斎が烏丸屋の店先でオランダ語の読み解きに苦心しているのを見かけ、思わず声を掛けた。陵斎は上機嫌に礼を言い、勘吾を居酒屋に誘ったのだ。

あの晩、勘吾は初めて唐栗屋へと足を踏み入れた。料理茶屋だった頃のにぎわいは失《う》せているが、近頃では陵斎が治療院として使っている。

「この広さがあれば、患者を家族ごと招いて、一晩じっくり治療にあたることができる。たっぷりと手間暇をかけて垂らし込めるって寸法さ」

陵斎はみずからの診療所を、単に「治療院」と呼んでいる。ごく限られた患者だけを選んで治療を施すので、大っぴらに噂をされては困る。ゆえに、取り立てた特徴のない「治療院」という名が便利なのだという。

酒の入った陵斎はご機嫌で、勘吾の肩を抱いて、はしゃいで言った。

「おい、あんたのことを気に入った！　あんたもここに住め！」

まるで唐栗屋の主であるかのような口ぶりだった。おさねはすでに陵斎の言いなりだったし、八郎兵衛は奇病のためもあって、自分の部屋からろくに動けない。陵斎が仲間や手下を唐栗屋に引き入れても、誰も非難しないのだ。

唐栗屋は広い。八年近くもほったらかされていたから、むろん古びているが、しつらえは立派で上等だ。きちんと掃除をし、がたのきているところを直したら、どれほど見違えるだろうか。

あの日から十日余り過ぎた。

晩秋九月初めである。勘吾が唐栗屋を訪れるのは、これが五度目だ。

ここへ来るたびに、陵斎のことが恐ろしくなってきている。先日はあいさつをしても、こちらをちらりとも見てくれなかった。まるで勘吾のことが目に留まらず、声も耳に届いていないかのようだった。

あの態度は、しかし、取り立てて不機嫌だったわけではない。手下に対する態度はいつもあんなふうだ。

私は、もっと役に立たなければ、ここに来ることを許してもらえなくなるのではないか。

切り捨てられることが怖い。陵斎は、勘吾を見限ることなど屁《へ》とも思わないだろう。そういう冷たさがだんだんと表に現れてきた。

怖い怖いと思いながらも、直々《じきじき》に呼び出されたのだ。陵斎のもとに参じないわけにはいかなかった。

「あの、陵斎さん。遅くなって、すみません」

声を掛けると、陵斎は振り向いた。満面の笑みだった。

「おお、やっと来たか、勘吾さん！　待ってたんだぞ」

拍子抜けした。今日はとんでもなく上機嫌だ。

「あの薬がうまく効きましたか」

「見事な効き具合だ！　やっぱりあんたを仲間にしてよかった。八郎兵衛があんたに会いたいと言ってるんだ。薬の礼をしたいんだとよ」

「お礼なんて、そんな……」

「いいから、ついてこい」

八郎兵衛の部屋は、唐栗屋の最奥にある。勘吾は、前を行く陵斎の背中を見つめながら、黙って歩を進めた。

陵斎はもともと、奥州の田舎の出だという。生まれは武士だが、百姓同然の暮らしだったそうだ。それをひっくり返したくて、十二の頃に村を飛び出し、城下町で医者に弟子入りして才を伸ばした。

師匠のもとにある書物はすべて読破した。中でも蘭学の書は素晴らしかった。それで、蘭方医になりたいと志して江戸に出てきた。だが、田舎者と侮《あなど》られ、さんざん苦労したそうだ。

紆余曲折を経て、陵斎は今、唐栗屋の治療院で名を成し始めている。

「陵斎さん、上等そうな上着ですね。新しくこしらえたんですか？」

ふと気づいて、言ってみた。肩越しに振り向いた陵斎は、得意げににんまりした。

黒く透ける紗でできた上着だ。医者の十徳に似ているが、襟のある仕立てというのが変わっている。オランダの外套《マンテル》にも似た形をしている。

「この治療院の医者の証だ。今のところ、二人しかいないがな。あんたも医者と名乗るのなら、揃いのものを作ってやるが」

「そんなおこがましいこと、できませんよ。私はただの通詞見習いですから」

ふん、と陵斎は鼻で笑った。陰気頭巾、と勘吾のことを裏で呼んでいるのは知っている。勘吾はみじめな気分になって目を伏せた。

部屋におとないを入れると、八郎兵衛は布団の上に身を起こしていた。両脚を投げ出し、脇息《きょうそく》にもたれかかっている。突き出た腹がいかにも重たげだ。頬と顎《あご》の肉がたるんで垂れ下がり、首が埋もれている。

八郎兵衛の病は、痛風《ガウト》だ。日ノ本ではめったに見られないが、ありえないわけではないはずだと、たま姉さまは言っていた。まさしくそのとおりだ。

この人の病んだ脚を見せたら、たま姉さまは珍しがって喜ぶだろうか。たま姉さまは肝が据わっている。気持ちの悪いものでさえ、おもしろがってしまえるくらいに。

八郎兵衛の両足は恐ろしい様相を呈している。くるぶしと親指の付け根は、腫れ上がった肌がはち切れている。晒《さらし》を巻くのも痛がるので、剝《む》き出しだ。その傷口から時折、白いかたまりがぼろりと出てくる。

勘吾は、八郎兵衛の痛々しい足を見ないように、まなざしを上げた。八郎兵衛がいかにも嬉しそうに破顔した。

「おお、勘吾よ。待っておったぞ。おまえさんが持ってきた薬のおかげで、見事に発作が引いた。こんなに楽になったのは久しぶりだ」

「そ、それは、ようございました」

「きわめて高い薬だったと聞いたぞ。あいにく、手元にある銭では足りんようだ。代わりに、いいものをあげよう。そこの戸棚の、上から二番目の引き出しを開けなさい」

八郎兵衛が指差すとおりに、勘吾は引き出しを開けた。袱紗《ふくさ》にくるまれたものを取り出すと、中身は鼈甲《べっこう》の櫛である。細かに彫られた牡丹《ぼたん》の花が実に見事だ。

「いただいてよろしいのですか？」

「よい。女房に贈るつもりだったが、その前に死なれてしもうたのでな。売れば、それなりの額になるじゃろう。薬代として、それで足りるか？」

「え、ええ。おつりがくるくらいです」

勘吾は櫛を袱紗で包み、袂にそっと入れた。先日、同じこの袂に落とし込んだ薬瓶の小ささが、ふと思い出された。小さいが、ずしりと重く感じられた。あの薬瓶が功を奏した。勘吾は人の役に立てたのだ。

陵斎の手には、玉石から借りた本がある。書庫から出してもらった本のうち、薄いほうだ。難しかったが、勘吾と陵斎の二人がかりで読めばどうにかなった。ガウトというのがいかなる病なのか、丁寧に説明されていた。

「八郎兵衛さま、この病は発作の痛みが激しく、厄介なものではありますが、何も恥ずべき病などではないんです。西洋の、特にイギリスという国では、貴き殿《とうと》方の病とされているんですよ。美食と美酒の何たるかを知り、あくせく力仕事などせずともよい殿方だけがこの病にかかるんです」

代々の名士が先祖から引き継ぐ病でもあるとされていた。発作を引き起こすのは、葡萄や麦の酒と獣の肉だと書かれているが、八郎兵衛には当てはまらない。

八郎兵衛の食事は、江戸湊で獲《と》れた魚と馴染みの酒屋から取り寄せる酒、それだけだ。魚はなるたけ刺身で食べたがる。鰹《かつお》が殊に好きだが、活《い》きがよければ鰯《いわし》や鯵《あじ》でもいい。喉が渇いたと言っては酒を呷る。

今は痛みがなく、病の正体もわかったというので、八郎兵衛は上機嫌だ。

「貴き殿方の病か。それはまた、持ち上げられちまったものだ」

「おだててなどいませんよ。八郎兵衛さまはそれだけの名士ということです。この病にかかっておくと、喘病だの中風だの、あるいは流行り病だのといった、ほかの病を退けてくれるともいわれています。発作の痛みを制する薬も見つかったことだし、願ったり叶《かな》ったりじゃありませんか」

「うむ、うむ」

「しばらくの間、薬だと思って、この書に載っている療養食を召し上がってもらえませんか。無理をしない程度でいいんです」

「あれだろう、牛の乳。薄めて温めたのを朝晩、酒の代わりに飲む。異国の人間は気味の悪いことを考えつくものだ。よかろう、これも一興《いっきょう》よ」

そう言いながら、八郎兵衛はげらげら笑っている。勘吾は信じられないような心地だった。

「長崎の者でも、牛の乳を養生食とすることを嫌がります。八郎兵衛さま、本当に大丈夫ですか？」

「そうかそうか。儂も好きこのんではおらんが、陵斎に乗せられてしもうたのよ。この口八丁の名医めが」

陵斎は確かに、おだてて相手をその気にさせるのがうまい。

八郎兵衛に今まで施してきた治療は、脚の血脈を裂いて悪い血を抜いたり、水銀と蜜蠟《みつろう》を混ぜた軟膏《なんこう》を塗ったりというものだ。オランダ語の医書に、まったく別の病の治療法として載っていたらしい。それでも、治療を受けた八郎兵衛の発作はいくらか軽快した。

おさねを治療したときも、似たようなものだったらしい。何の変哲もない漢方薬を飲ませたのだが、お得意の口八丁で蘭方の秘薬だと思い込ませた。それが抜群に効いたという。

人間の心ってのはそんなもんさ、と、酔った陵斎は楽しそうに言った。本当に効く薬かどうかは、実は二の次だ。効き目があると患者に信じさせればこっちのもの。ただの水を飲ませるだけでも病を治せるのさ。

それでも治らない病を前にしたら、どうするのか。勘吾が尋ねると、陵斎はあっさり答えた。

相手にしねえ。医者なんてのは、そんなもんだ。治せると踏んだ患者だけを相手にする。そうすりゃ、どんな病でも治せる名医って看板が、おのずとついてくるだろう？　こんなの当たり前じゃねえか。

陵斎は、唐栗屋に居着いて半年ほどで、あっという間に大金を稼いだという。金儲《かねもう》けの秘訣《ひけつ》は、あまりにも開き直った考え方にある。

たま姉さまには到底聞かせられない、と勘吾は思う。こんないかさま医者に囚《とら》われているということも、決して知られたくない。きっと心配させてしまう。

八郎兵衛は少し疲れたと言い、布団に横になった。もともと、酒を飲めば起きていられるが、酒が切れると途端に疲れて眠くなるらしいのだ。

勘吾と陵斎は、八郎兵衛の部屋を後にした。

廊下を渡り、薄暗い別棟に至る。陵斎が勘吾の背中をばしんと叩いた。

「ほら、うまくいってるだろ！　あんたのおかげだ。すげえじゃねえか。この調子で、またよろしく頼むぜ」

「この調子でと言われても、しかし……こたびはたまたま役に立っただけだよ。

いつもというわけには……」

皆まで言い切る前に、陵斎は勘吾に詰め寄った。

「できるかどうかじゃねえ。うまくやるんだ。知恵なら貸してやるからよ」

「でも、私はろくにものを知らないし、オランダ語だって十分には読めない」

「こんだけ読めりゃ、どうとでもなる。ここは長崎じゃねえんだ。江戸には掃《は》いて捨てるほど医者がいるが、そのほとんどはオランダ語なんて目にしたこともねえ。あんたの足下にも及ばねえんだぜ。胸を張っていろよ」

「……胸を張る？　私が？」

「この俺でさえ、コルチカムを手に入れることができなかった。あんただからできた仕事じゃねえか。ほかにも何か知恵があるんだろう？　出し惜しみするなよ。金持ちになってさ、あんたの嫌いな春彦ってやつを見返してやろうぜ」

背筋が冷たくなる。酔っているから忘れてしまうだろうと思い、春彦の名を明かしてしまったのだ。

春彦のことは幼い頃から苦手だった。勘吾が進もうとする先に待ちかまえていて、邪魔ばかりしてくるのだ。春彦がいなければ、たま姉さまにとっていちばんの「弟」は、勘吾だったはずなのに。

見返してやりたいと思ったことは、数えきれないほどある。今、もしも陵斎のそばで名を上げることができれば、春彦を追い払えるだろうか。そうしたら、たま姉さまは再び、勘吾だけを弟のようにかわいがってくれるだろうか。

陵斎はもう笑っていない。頭巾の陰に逃れることを咎めるように、ごく近いところから、勘吾の目をのぞき込んでくる。

「なあ、俺と一緒なら、あんたでもうまくやれるさ。今、連雀町の職人を抱え込んで、西洋風の寝台だの長椅子だのを作らせてんだ。なかなか立派な仕上がりになりそうなんだぜ。それに加えて、あんたの知恵がありゃ、鬼《おに》に金棒《かなぼう》なんだよ。ほかにも知ってること、あるんだろう？　俺に教えてくれよ」

「……ある人に聞かせてもらった話なら、いくつか。使える手なのかどうか、私にはわからないけれど」

先日の蛇杖院で、ガウトの話を皮切りに、日ノ本にはない病や治療法の話になった。玉石がそうした話に詳しいのはむろん知っていたが、登志蔵という派手な顔立ちの男が同じくらい詳しかった。

「な、勘吾さんよ。話を聞かせてくれよ。あんたは有能なんだ。八郎兵衛のやつだって、あんたに感謝してたじゃねえか。これからはあんたもここに住め。行くあてがないんなら、渡りに船だろ？」

「……そうかもしれない」

「そうだとも。さあ、八郎兵衛の発作がやんだ祝いだ。酒を飲もうぜ」

「発作がすっかり治まったら、あの傷も治るのかな?」

陵斎は肩をすくめた。

「治らんだろう。このまま腐れ落ちるかもしれねえ」

「そ、そうなったら、どうするんだ?」

「通仙散《つうせんさん》って眠り薬を知ってるか? そいつを飲んだら、痛みを感じない眠りに就くんだ。あの手足が腐ったら、八郎兵衛に通仙散を飲ませて、手足をぶった切ればいい。そうすりゃ、腐ったところから回る毒を止めることができる」

「なるほど。通仙散なら、手に入るかもしれない」

以前、たま姉さまがその眠り薬の話をしていた。あの薬庫にも置かれているに違いない。

勘吾のつぶやきに、陵斎は目を丸くした。次いで、舌なめずりをするように、にやりと笑った。

「やっぱり、あんたがいちばん頼りになるぜ」

「いちばん? 本当に?」

暗い喜びが胸に湧き起こった。

いちばん誉めてほしい人は、陵斎ではない。だが、今はこれでも十分だ。役に立つと言ってもらえるなら、生きていける。

二

泰造が苦肉の策でひねり出した言葉に、大人たちはきょとんと目を見張った。

「瑞之助さんでも登志蔵さんでも、誰でもいいんだけどさ、向島の三味線の師匠のところへ行く仕事、代わってもらえないかな？　中西屋って足袋屋のお嬢さんが通ってきてるんだけど、具合悪そうでさ。でも、俺じゃ細かいとこまでわかんねえ。誰か、あのお嬢さんを診てやってほしいんだよ」

中西屋の女中、おあいから手紙をもらったのは先月下旬のことだ。九月も半ばに近づいたのに、いまだ返事を書いていない。でも、おあいは今日、向島の翠鳥庵にきっと来るだろう。顔を合わせても、どうすればいいかわからない。

おふうともあれ以来しゃべっていない。自力で打開できないかと考えてはみた。しかし、よい案など浮かぶはずもない。それでも誰かに相談するなんて、できっこなかった。想像するだけで、むずがゆくなる。

ひょっとして、おふうのほうから話しかけてくれないか、と期待してもいた。あっちが普通にしているのなら、泰造も平然としてみせる。もし手紙のことを尋ねてくるのなら、おあいのことは何とも思っていない、と教えてやってもいい。

ところが、おふうは泰造と顔を合わせようともしない。同じ敷地、同じ長屋に住んでいても、起き出す刻限や仕事の持ち場が違ったら、まったくしゃべらずに過ごせるのだ。

結局、何の解決もしないうちに、おふうたちの三味線の日になってしまった。こんなぐちゃぐちゃなままで、どこかのお嬢さんみたいにめかし込んだおふうのそばを歩かなければならない。しかも、おうたまで一緒だ。面倒くさい。

だからもう投げ出してしまうことにした。患者がいるのだと言えば、医者連中は放っておけまい。

しかし、瑞之助は難しげな顔をした。

「今日は一二三先生の手習所へ行く約束になっているんだ。耳の病にかかっていたおまさちゃんや、ほかにも経過を見ておきたい子がいる。登志蔵さんも出掛けると言っていたでしょう？」

「俺は浅草見附《みつけ》のほうだ。道具の研《と》ぎを頼んでたんで、それを受け取りに行って、ついでに往診もこなしてくる。お真樹はいつものとおり、ここから動きたがらねえだろう。診療ってことなら、桜丸はちょいと違うしな」

女医の船津初菜が手を挙げた。

「だったら、わたしが行きましょう。そのお嬢さんというのは、歳はいくつ？」

「助かる！　歳は十五って言ってた」

ほっとしたのも束《つか》の間《ま》だった。初菜ににこりと微笑まれた。

「一緒によろしくお願いしますね。わたし、自分の荷物は自分で持ちますから」

「あ……」

それはそうだ。瑞之助か登志蔵だったら、三味線稽古の道具を運ぶ役もろとも代わってもらえる算段だったが、初菜が相手ではそうもいかない。

加えて、初菜も用心棒なしでは外に出られない。産科の医療は母子の生死と隣り合わせだ。赤子の命を救えずに恨まれるということも少なくないらしい。そういうわけで、初菜は今まで何度も命を狙われてきたのだ。

普段、初菜は女中の巴《ともえ》と一緒に動いている。巴はすごい。瑞之助や登志蔵と同じくらい背丈があって、泰造より力が強い。薙刀《なぎなた》を凄まじい速さで振り回すこともできる。

だが、今日は巴の都合が悪い。かつて同じ長屋に住んでいた知人が訪ねてくるというので、幾日も前から楽しみにしていた。

泰造は、あきらめた。

「俺、表では絶対に一言もしゃべんないからな」

女ばかり三人の付き人を務める格好である。仲良く交じってしゃべったりなど、できるはずがない。

泰造は手ぬぐいをほっかむりにして、目元まで引き下ろした。

前を行く女三人は道々、尽きもせずに話をしている。おうたは初菜と出掛けたことがないからと、妙に嬉しそうだ。

憎たらしいくらい、おふうは素知らぬ顔をしている。泰造が荷運びの付き人役を務めているのに、その目に映っていないのではないか。

泰造たちが翠鳥庵に着き、初菜がお師匠さまとあいさつを交わしているうちに、おあいが小さな荷を手にして現れた。びくりと後ずさる泰造には目配せだけして、おあいはお師匠さまに荷を渡した。

「本日、お嬢さまはお体の具合が悪く、こちらにはいらっしゃいません。お詫《わ》びの品をお届けするよう、言いつかってまいりました」

「あら、それは心配ですね。お詫びだなんて結構ですのに。中西屋さんによろしくお伝えくださいまし。お鶴さんの体調、このところ落ち着いていたのにねえ」

「それは、あの……ここだけの話、旦那さまとおかみさんが変な医者に騙《だま》されてるかもしれなくって。その医者にかかり始めてから、お嬢さまが無理をなさっているみたいに見えて、あたし不安なんです」

たまりかねたようにに告白するおあいは、ぎゅっと唇を噛んだ。そうしないと目から涙がこぼれ落ちそうだ。

初菜が顔つきを引き締め、おあいに尋ねた。

「変な医者というのは、どういうことですか？　わたしは蛇杖院の医者で、船津初菜と申します。産科といって、女の体のことをもっぱらにしています。お嬢さんの病のことで、何かお力になれるかもしれません」

おあいは、産科、と繰り返した。不安でいっぱいだった顔に明るさが戻る。その顔がいきなり泰造のほうへ向けられた。

「泰造がお医者さまを連れてきてくれたんだよね！　ありがとう！」

「い、いや、別に……」

目を泳がせてしまう。何とはなしに、おふうのほうを見た。おふうはこちらを見てなどいなかった。あろうことか、まるで励ますみたいに、おあいに微笑みかけているのだ。

おあいは初菜の問いに答えた。

「三日前、お嬢さまは旦那さまとおかみさんに連れられて、どこかに泊まりに行きました。お客さまの紹介なんですって。西洋風の護符を治療の証として買ったんだって、お嬢さまから見せていただきました」

「西洋風の護符?」

「その治療は、オランダから長崎に伝わったばっかりの技なんですって。護符は、穴が開いていない小銭です。人の横顔の模様がありました。具合の悪いところに護符を当てておくと、病が落ち着くって話でした」

泰造は思わず吐き捨てた。

「聞いたこともねえ。そんなまじない、本物の蘭方医術じゃねえだろ」

「で、でも、お嬢さまが……」

初菜が口を挟んだ。

「お嬢さんは、ご両親が薦《すす》めてくれるその治療を拒《こば》めないのね?」

「はい。だけど、その治療を始めてから具合が悪くなっちまったように見えるんです。きっと汚らしい診療所に連れていかれたんだ。お嬢さまは埃っぽいのが苦手なんですよ。目も鼻も喉もやられちゃうから、掃除は大事なのに」

おふうが声を上げた。

「あたしの友達の許婚《いいなずけ》も喘病持ちだから、発作が出ないよう、屋敷の掃除に気を配っているそうです。蛇杖院でもそう。どんな病を持った人が訪れるかわからないから、掃除は絶対ですよ」

「うたも掃除するよ。手習所もきれいにしてるの」

初菜は改めて、おあいに向き直った。

「もしよろしかったら、今から中西屋さんにお邪魔していいかしら？　お嬢さんかご両親からじかにお話を聞かせていただきたいんです」

「わ、わかりました。ご案内します！」

「ありがとう。行きましょう、泰造さん」

えっ、と思わず泰造は声を上げた。

「俺も？」

「わたしが一人で表を歩くと、後で巴さんに叱られますから」

「まあ、確かに」

何だか嬉しそうなおあいのほうを、ちらっと見る。目を合わせるのが気まずい。初菜は気づいていない。そりゃそうだ。気づかれてたまるか。

「おふうちゃん、おうたちゃん。三味線のお稽古が終わったら、わたしたちが戻るまで、ここで待たせてもらっていてね」

しかも、帰りもやはり、おふうと一緒にいないといけない。おふうと一瞬だけ目が合った……ような気がした。

三

夕七つ(午後四時頃)になって、泰造たちが蛇杖院に帰ってきた。

瑞之助はちょうど門のところに出て、杖に絡みつく蛇の紋が入った提灯に火をともしているところだった。すっかり暮れてしまう前に明かりを入れるのが、蛇杖院の習いなのだ。

「お帰りなさい。ちょっと遅くなりましたね。中西屋さんのお嬢さんの様子、どうでした?」

そんなことを言いながらも、瑞之助は初菜の険しい表情にびくびくしてしまった。初菜は顔立ちがきれいなだけに、怒りのために黙りこくると怖い。

「皆さんにお話ししなければならないことがあります。浅草聖天町の中西屋さん、いかさま医者にたぶらかされているみたいなんですよ。そういう医者がいるという噂は聞いていたけれど、本当だったのね」

瑞之助は眉をひそめた。

「噂というのは、もしかして、深川のほうで聞いたのでは?」

「瑞之助さんも聞いていましたか」

「ええ。深川清住町の患者のもとを訪ねたときに、定町廻り同心の広木さんからうかがいました。このところ、蘭学や蘭方医術がすごいというので、人々の間で噂になっている。それを悪用する者がいるようだ、と」

黙って聞いていた泰造が口を開いた。

「この話、広木さまにつなぎをつけたほうがいい？　俺、ひとっ走り行ってくるけど」

「そうしてもらったほうがいいかもしれない。広木さんをつかまえるには、深川佐賀町《さがちょう》の古着屋の充兵衛さんのところに行くのがいちばん早いと思う」

「わかってらあ。瑞之助さん、荷物よろしく」

泰造は二人ぶんの三味線と風呂敷包みを瑞之助に押しつけると、勢いよく駆けだした。

おふうが嘆息した。

「変なやつ。今日、ずっとそわそわしてるんだから」

「おふうちゃん、泰造さんと喧嘩してるって聞いたけど」

「別に、喧嘩なんかしてないよ。何にしても、瑞之助さんには関わりのない話でしょ。さあ、夕餉の支度を手伝わなきゃ。おうた、さっさと着替えるよ」

はぁい、と、おうたは素直に返事をした。が、素直なのは口ばかりだ。顔はにんまりと、おもしろそうに笑っていた。

初菜が玉石に中西屋の一件を知らせると、医者の皆がすぐさま西棟の客間に集められた。皆というのは、初菜と玉石に、瑞之助、真樹次郎、登志蔵、桜丸、りえである。

おっつけ広木も話に加わるかもしれないが、ひとまずお鶴の心身の具合について、初菜から説明があった。

「お鶴さんは体が虚弱とはいえ、臓腑に病があるわけではないようです。賢く優しいお嬢さんで、人より敏感に物事を感じ取るために、心労を抱えやすいところがあります。歳は十五で、子供から大人へと体が変わっていく時期ですね。この時期の心身の不調をたちどころに治す霊薬などありません。食事によって血を補い、体を動かして、少しずつ心身を強くしていくのが治療の道筋です」

女の体を診るとなれば、初菜とりえの領分だ。りえは目がほぼ見えないが、指先の感覚に優れる。勘が鋭く、物覚えがよく、どんな患者をも楽しませる話術の持ち主でもある。

りえは小首をかしげた。

「中西屋さんのご夫妻は、どのようなお人柄でした?」

「お二人とも親切で、物腰の柔らかいかたでした。蛇杖院のことは、烏丸屋さんを通じて、もともとよい印象を持っていてくださいました。悪評が流れたときは心が痛んだとおっしゃっていましたよ。とにかく人が好《よ》い、という印象です」

「なるほど。そういうことなら、いい鴨《かも》にされてしまうでしょうね」

「鴨、ですか?」

「中西屋さんのご夫妻はお人柄がよいから、まわりの人も応えたいと考えるでしょう。お嬢さんの体によさそうなものを見つけてきて、薦めてくれる。きちんと効果のあるものならいいのです。しかし、世の中には、まともでない医者や薬師、まじない師もごまんといますから」

「ええ。どういうふうにお話ししたら、目を覚ましてくださるかしら」

「心を尽くしましょう。それでも難しいようなら、お嬢さんをかっさらって、蛇杖院へ連れてまいりましょう。目の届くところで療養していただくのがいちばんです」

りえがにこやかに、大胆なことを言ってのけた。

噴き出した真樹次郎が、瑞之助を指差した。

「瑞之助のときと同じだな。こいつは一昨年の春、ダンホウかぜをこじらせて肺患いにかかっていたのを、俺がかっさらってきたんだ。あのまま屋敷に放っておいたら、医術のいの字も知らん藪医者に寄ってたかって取り殺されていたぞ」

「母も周囲の人々も、よかれと思って、いろんな薬や療法を薦めてくれていたんでしょうが」

「時として、無知と良心が相互に働くと、取り返しのつかないあやまちが起こる。それを止めるのも、正しい知を身につけた医者や学者の務めだろう。世の中のすべてを変える力はなくとも、せめて目の届くところからだな」

ふと、芝居の大向こうのように、張りのある声が客間に投げかけられた。

「いよっ、漢方屋！　いいことを言うじゃねえか」

「何だ、広木の旦那か」

「あやまちが起こるのを止める、その務めを果たす仲間に、八丁堀の旦那も入れてはおくれでないかい？　蘭方を騙《かた》るいかさま医者が俺の縄張りを荒していやがる。いんちきだと俺も感じるが、学がないぶん確証がねえ。手助けしてくれ」

すらりとした着流し姿の広木が客間に入ってきた。思いのほか早い到着である。汗をかいているところを見るに、知らせを受けてすぐさま駆けてきたのだろう。広木の健脚《けんきゃく》ぶりは大したものだと、瑞之助も聞いたことがある。

「泰造から簡単なところは聞いたぜ。浅草聖天町の商家にまで、いかさま医者の手が伸びたってな。一晩、泊まりがけの養生だったのが、かえって障《さわ》りになったってんだろう？」

　初菜がうなずいた。

「効き目のない護符なんてものも買わされたそうです。わたしも見せていただきました。穴の開いていない小銭に、人の横顔の模様が入っていました。あれは鋳《い》物《もの》だわ。同じものがほかにも造られているのではないでしょうか？」

　広木は袂から、手ぬぐいに包んだそれを取り出した。

「こいつだろう？」

　手ぬぐいの中から現れたのは、厚ぼったい小銭である。人の横顔の模様と初菜は言ったが、天地があべこべになっていると見分けづらいほどに、造形が拙《つたな》い。

　玉石が顔をしかめた。

「西洋の銭に似ている。王の肖像をこうして銭に鋳造するんだが、それにしても造りが粗《あら》いな。こんな粗末な偽物を護符だと言い張っているのか。広木どの、どうやってこれを手に入れた？」

「患者のもとからくすねてきた。誉められたことじゃねえのは承知の上だ。しかし、素直に話を聞かせてくれる者が、今のところいなくてな。害が出ている一方、ご利益があった者もそれなりにいて、いかさま医者を庇いやがるんだ」

「ほう、治った者もいるのか」

「仕込みかもしれんがな。その医者が触れただけ、撫でただけで病が軽くなった。その奇跡の証として、護符を高値で買わせている。おのずと、いかさま医者の患者はそこそこの金持ちに限られてくるって寸法だ」

登志蔵が手を上げて注目を集め、口を開いた。

「聖人や仙人が触れただけで病を治すって伝説は、洋の東西を問わず、どこにでもあるもんだろう。だが、横顔の模様が鋳造された銭が護符としてくっついてくるとなりゃあ、そいつはヨーロッパの王族の猿真似《さるまね》だ」

「王族だと？　やはり西洋のまじないなのか」

「ああ。何百年も昔に信じられていた、聖なる力ってやつだ。触れるだけの治療は、殊に瘰癧《るいれき》に効き目があるとされていた。まあ、まやかしだな。王族の威信を民に知らしめるためのおとぎ話に過ぎねえ」

瘰癧とは、耳の下や顎、首に腫物ができる病だ。淋巴《リンパ》節が炎症を起こして腫れ、膿《う》んで、ついには孔《あな》が開く。首に瘰癧の腫物がある子供は、往々にして体が弱く、労咳や血虚など、他の病や不調も抱えている。

桜丸が鼻を鳴らし、常とは違う荒っぽい調子で吐き捨てた。

「馬鹿馬鹿しい。触れただけで病を治せるだって？　寝ぼけたことを言いやがって。聖なる力だか何だか知らねえが、おととい来やがれってんだ」

憤懣《ふんまん》やるかたない桜丸に、真樹次郎が念を押した。

「その銭の護符とやら、本当に偽物なんだな？」

「何の力も感じないね」

玉石が仕切り直すように言った。

「いかさま医者が特別な力を持っているかのように振る舞えるのは、患者を選別しているからだろう。放っておいても治る患者を選んで、まじないが効いたかのように見せかける、という筋書きだ。つまり、ある程度の診療ができる者が、その知と技を悪用しているわけだな」

広木も同意した。

「奉行所の見立てもそうだ。厄介なことに、長崎蘭学の晴れがましい噂が入ってきたのが、いかさま医者の仕事を後押ししちまった。これからは蘭方の時代だと、民の間で広まり始めたところで、いかさま医者の偽蘭方と来た」

「いかさま医者風情と一緒くたにされては、長崎蘭学の名がすたる。早急に手を打ちたいところだね。広木どの、調べはどのくらい進んでいるんだ？」

「からっきしだ。連中の拠点すらわかっていない。俺が動かせる人手も多くはない。小耳に挟んだ噂は、馴染みの居酒屋にふらりと現れた医者が手妻《てづま》のように見事な医術を施してくれたと、そんな話ばかりだ」

「なるほど。初菜、中西屋のほうは、どの程度話してもらえた？」

初菜はかぶりを振った。

「ご両親は口を割ってくださらず、お嬢さんも口止めされていました。その医者を紹介してくれたのが古くからの得意客だそうで、悪く言えないようなんです」

「取り引きが絡んでいるのか。ならば、商家にとっては難しいところだな」

桜丸が瑞之助を見た。

「瑞之助、深川清住町の正吉のもとに手がかりが転がり込んではいないでしょうか？」

「ありうると思います。明日にでも訪ねてみますよ」

「あい、よろしく頼みます」

勘の鋭い桜丸がそう言うのだから、正吉のまわりで探索の進展があるかもしれない。

いや、捕物云々《うんぬん》はどうであれ、正吉とその両親をいかさま医者の手から守り抜くのは、瑞之助の務めだ。様子を見に行き、身を守る術《すべ》を伝えておくべきである。

話のすり合わせを手短に終え、広木は慌ただしく帰っていった。瑞之助は門のところまで見送った。敷地内に引っ込んだとき、ちょうど暮れ六つ（午後六時頃）の鐘が鳴った。

北棟の端の部屋から、女中頭のおけいが出てきた。暮れ六つの務めを終えてきたところのようだ。

「おけいさん、機械の調子はいかがですか？」

七十二のおけいだが、髪は黒々としているし、背筋もしゃんとしている。働き者で、特に台所仕事は凄まじいまでに手際がよい。

そのおけいの新しい仕事が、北棟に据えられた機械の相手をすることなのだ。

「おかしなところはないよ。しかしまあ、だんだんと朝夕が冷えるようになってきたね。機械ってのは、まったくもって正直だ」

機械と呼んでいるものは、春彦が長崎から運んできた蘭学の道具だ。似通った形のものが二台ある。背の高い木箱の中に、ガラスでできた細長い柱が据えられている。柱の中は空洞で、そこに水銀が入っているのだ。

水銀は、空気の変化によって嵩《かさ》を変化させる。その特徴を活かし、機械の一つは空気の熱がいかほどかを測り、いま一つは空気の圧がいかほどかを測る。

空気という言葉は、たとえば、長崎の通詞で蘭学に通じていた志筑忠雄《しづきただお》がその著書の中で使っている。空気とは、目には見えないが、この世にあまねく存在している。息を吸ったときに口から入ってくるものがそうだ。

瑞之助は、空気というものについて初めて春彦から聞かされたとき、意味を呑み込むのにしばらくかかった。その点、登志蔵はかつて長崎で学んだ折、何のひっかかりもなく、するりと理解できたそうだ。

「だって、空気ってもんがあると考えたほうが、物事の筋道が通るじゃねえか」

空気が温まると、膨らんで嵩が増える。たとえば、箱の中に空気を閉じ込めたまま温めれば、箱の内側から押し返すような圧が生じる。

また、空気には重さがある。それは、地上から空高くまで積み重なった空気の重さである。この重さによる圧も、そのときどきの温かさや湿り気、天気によって変化する。

春彦いわく、そういった空気の性質を目で見るための道具がある。それが、蛇杖院に持ち込まれた機械なのだ。

「この二つの機械を使って、日々の記録をつけてほしいんだ。出島や日本橋の長崎屋では、以前から同じ記録をつけているのだけど」

そういうわけで、ちょうど九月の初めから、空気の熱と圧を測って記録する運びになったのだ。

当初は登志蔵と泰造が真新しい機械に目を輝かせ、自分がやりたいと名乗り出た。だが、ほんの数日のうちに、おけいが記録を一手に担うことになった。

何しろ、おけいは毎日きっちり同じ刻限に起き出して働いている。蛇杖院を離れることもめったにない。時を知らせる鐘も西洋式の時計も使わず、おおよそ正確な刻限を言い当てる。

透き通った水銀の目盛りを読むには、こつがいる。おけいは初めのうちこそ「見づらいねえ」などと愚痴をこぼしていたが、次第に機械に愛着がわいてきたらしい。虫眼鏡を使って目盛りを読む姿は、すでに堂に入っている。

明け六つ（午前六時頃）と正午、暮れ六つ、そして夜四つ（午後十時頃）。物言わぬ機械を相手に、おけいは新しい仕事を楽しんでいるようだ。記録をつけるついでに機械に声を掛け、軟らかい布で拭いてやったりもしている。

「あたしゃ、ちょいと気になってね。本当は西洋式の時計を使って、夏だろうが冬だろうが同じ刻限に測ったほうがいいんじゃないかって、春彦さんに訊いてはみたんだ。出島ではそうしてると聞いたからね」

「そうか。日ノ本の時の測り方は、日の出と日の入りをもとにしているから、同じ暮れ六つでも、季節によって早まったり遅くなったりする。春彦さん、どんなふうに答えたんですか？」

「日本橋の長崎屋では定時で測っているし、日の出と日の入りの刻限も記録している。だから、そう気にすることなく、明け六つと正午、暮れ六つ、夜四つで記録をつけていいんだってさ。それはそれで意味があることだって言ってたね」

「なるほど。それにしても、おけいさんはすごいですね」

「何だい、藪《やぶ》から棒《ぼう》に」

「新しいものをすぐに受け入れるというのは、なかなかできることではないと思うんです」

おけいは、ふふんと笑った。

「年寄りになったって、新しもの好きはいるもんだよ」

瑞之助の背中をばしんと叩くと、おけいは軽やかな足取りで台所へ向かっていった。

ひんやりとした夜風に、夕餉の温かな匂いが運ばれてくる。瑞之助は空腹なのを思い出した。

四

「これが、空気を目で見るための機械ですか！」

駒千代は目を真ん丸にして、北棟の軒下に据えつけられた二台の機械を順繰りに、上から下まで見つめた。

　登志蔵が、そこに何かがあるかのように、何もない中空を指差した。

「空気を目で見るための仕組みの一つ、というのが正確だ。空気の熱を測る機械も、圧を測る機械も、中に入った水銀を通して、ここに空気が確かに存在して、刻一刻と変化を続けていることを示してくれる」

　駒千代が機械の見物をしたいというので、機械の世話係のおけいも同席している。おけいは、軟らかい布を瑞之助に押しつけた。

「この布で上のほうを拭いとくれ。あたしじゃ届かないんでね。傷がつかないように、大事に扱っとくれよ」

「承知しました。おけいさんの大事な相棒ですからね」

　おけいは、ふふんと笑って帳面を繰った。帳面には、空気の熱と圧の記録がずらりと連なっている。

「ご覧。こうやって朝昼夕晩と、日に四度、きちっとつけているのさ。この機械は、西洋で作ったものをばらして運んできて、長崎で組み立て直したそうだけどね、そのときに目盛りを漢字で書き直してくれている。おかげで、この年寄りでも、機械の目盛りが読めるんだ」

　おお、と駒千代が感嘆の声を上げる。泰造が登志蔵に問うた。

「空気を目で見るための仕組みって、この機械のほかにもあるの？」

「あるとも。舎密学《せいみ》におけるやり方だ。舎密ってのは、オランダ語のchemie《セミー》という音に漢字を当てた新しい呼び名で、よほどの数寄者《すきもの》じゃねえと、まだ知らない。もともとどんなふうに訳されているか、覚えてるか？」

泰造が答えに詰まる。瑞之助が掃除の手を動かしながら答えた。

「分離術、もしくは分析術ですよね」

「正解。世の中にあるものはすべて、目に見えねえほど小さな分子《モレキュール》からできている。空気は、二割の酸素《ズールストフ》と八割の窒素《スキクストフ》が混じったものだ。それらを一つずつ分離するためには、熱を加えたり薬を使ったりする必要があるんだが、いずれにしても水の中で集めるのさ。水の中なら、空気は目に見えるだろ？」

「ああ、あぶくになりますね」

「そうだ。水の中、あるいは水銀の中に、分離した瓦斯《ガス》をガラスの管で送る。瓦斯ってのは、モレキュールが空気みたいな形になったものだ。水を思い描いてみろ。きんきんに冷えたら、氷になる。氷ってのは固い。ところが、それが温まって解けると、水になる。さらに温まるとどうなる？」

おけいが答えた。

「湯気になっちまうね。ぶくぶくと沸かし続けると、どんどん湯気が出て、そのぶんお湯の嵩が減っていく」

「そう、湯気ってのが、瓦斯になった水の姿だ。消えてなくなるわけじゃあない。鍋の蓋に湯気が当たると、水滴がつくだろ。冷えると水に戻るわけだ」

泰造が口を尖《とが》らせた。

「水が氷になったり湯気になったりするくらい、誰でも知ってるだろ」

「そうだな。でも、舎密学によると、ありとあらゆるモレキュールが水と同じように、冷たいときは固く、温まったら液になって、さらに熱くなれば瓦斯になるらしい」

「ありとあらゆるものが？」

「俺もこと細かに確かめたわけじゃあないが、そういうもんだろうとは思うぜ。朝助が鋳掛けの仕事をするところ、見たことがあるだろ？　鉄の鍋の穴をふさぐために、熱した金物を使う」

ああ、と泰造と駒千代は同時に声を上げた。瑞之助も登志蔵も手先は器用だが、道具の修理にかけては、朝助に一日《いちじつ》の長《ちょう》がある。真っ赤に熱した金物がどろりと溶けるのを初めて見たときは、不思議なものだと感じた。

おけいが、目盛りを読むために使う虫眼鏡を手に取った。

「それじゃあ、何かね、金物やガラスにとっちゃ世の中が冷たすぎるんで、氷みたいに固まってるってことかい。金物もガラスも、真っ赤になるまで熱したら、どろっと溶けちまうからね。しまいにゃ瓦斯になっちまうのかね?」

「そういうことだ。どれくらい熱すれば瓦斯になるのか、そこまで究めることは、なかなかできやしねえだろうが」

「軽石も、その舎密学とやらで説明できるんじゃないかね。山が火を噴《ふ》いたら、真っ赤になったどろどろの液が流れ出すんだ。ところが、それが冷えると、軽石やごつごつした黒い石になる」

登志蔵は、ぽんと手を打った。

「そうか、おけい婆《ばあ》ちゃんは上州《じょうしゅう》の生まれだったな。浅間山《あさまやま》が火を噴いたのを見たのか?」

「天明《てんめい》三年(一七八三)の、いわゆる浅間焼けだね。三月《みつき》も続いて、ひどいもんだったよ。灰は降るわ石は降るわで畑が駄目になっちまったんで、江戸に出てきたのさ。あたしゃ三十過ぎで、いろいろあって独り身だったしね」

さらりと語られたおけいの来し方に、瑞之助は思わず黙ってしまった。つらい思いをしたのではないか、と感じたが、こういうときはどう言えばいいのか。泰造と駒千代も、何ともいえない顔で口をつぐんでいる。

だが、登志蔵はあっけらかんとしていた。蘭学のこととなると、とにかくまっしぐらだ。ほかのことに目を向けるゆとりなど、投げ捨ててしまう。

「火を噴く山といやあ、俺の地元の熊本藩にも阿蘇《あそ》っていう火山があってな、山ん中に詰まってるのは真っ赤で熱くてどろどろしてるって話は聞いていた。それが噴き上がったり流れ出たりすると、硬い石になるって話もな」

「見たことはないのかい？」

「なかった。不思議でたまらなかったが、舎密学をかじってみたら、溶けてたもんが固まって石になる、その意味がわかったんだ。おもしれえよなあ」

泰造が口を開いた。

「登志蔵さんに蘭学を教わらなかったら、氷が水になって水が湯気になることも、別におもしろいとは思わなかったよ。当たり前のことだから、ただ知ってりゃいい。解き明かすとか、そんなのどうだっていい。俺、前は、いちいち何かを気に留めて不思議だと感じてるほどの余裕がなかったからさ」

「私も。喘病のせいで閉じこもってた頃は、何もやる気が起こらなくて」

おけいが鼻を鳴らした。

「あんたたちみたいな子供が、老い先短い年寄りみたいなことを言ってんじゃないよ。心の余裕も、体の自由も、歳を取るにつれて失っていく者が多い。そしたら、ものを見る目も自分で考える頭も持たない偏屈《へんくつ》になっちまうんだから」

「てことは、おけい婆ちゃんは若いよな」

泰造がまじめな顔をして言うと、おけいはにんまりした。

「そりゃそうさ。上州から江戸に出てきたとき、江戸で桜丸さまの婆やになったとき、蛇杖院に住み始めたときと、あたしゃ節目ごとに生まれ変わってるような心地なのさ」

ちょうどそのときだ。

おおい、と春彦の声が聞こえてきた。ほどなくして春彦自身が姿を現す。

「何だ、ここにいたのか。皆で蘭学談議にでも興じていたのかい？」

そうだよ、と駒千代が応じた。

「おけいさんから、舎密学を教わっていたんです」

「え？　おけいさんから？」

春彦は目を丸くした。きょとんとした顔が何だかおもしろくて、皆、噴き出してしまった。

駒千代は草木を描いた帳面をいつものとおり持ってきていた。蘭学の草木の絵との違いについては、まだ気づきが得られていないという。

だが、春彦にそれを相談した途端、謎が解けた。

「見たままを描いているからだよ。だから、蘭学の図譜とは違った風合いの絵になってしまう」

「え？　実を写す画風というのが、蘭学における草木の絵の描き方ではないんですか？」

「いや、そうとは言いきれない。リンネを祖とする草木の分類の学では、図譜を編むとき、独特な絵の描き方をしている。多少強引な構図になってでも、花がまっすぐこちらを向くように描くんだ。花びらの数がはっきりわかるようにね」

言われてみれば、当然のことだ。

「どうして気づかなかったんだろう？」

悔しそうに顔をしかめる駒千代に、春彦は笑ってみせた。

「蘭学の図譜は実を写す画風だ、という思い込みだね。あとは、やはりどうしても、日ノ本の絵における美しさを盛り込みたくなってしまう、といったところか。自然なことだよ」

泰造が言った。

「蘭学の本の絵より、駒千代の絵のほうがきれいだもんな。蘭方医術の腑分《ふわ》けの本なんかは、確かに細かくてすごいんだけど、きれいだとは思えねえ」

「でも、私は学問の役に立つ絵を描きたいんだ。図譜を作るための絵だよ。だから、日ノ本の画法じゃ駄目なんだ」

駒千代は口を尖らせている。春彦は、思い出すように宙を見て顎を撫でた。

「シーボルト先生が、絵師を育てるとおっしゃっていたな。オランダ側で手配してはいるけれど、それだけでは手が足りない。だから日ノ本の絵師にヨーロッパの技法を伝えて育てる、と」

「長崎に行ったら教わることができるんですか？　いいなあ！」

駒千代は目を輝かせた。いずれ駒千代は相馬家の跡取りとして、目付のお役に就くことになる。絵を学び続けることはできないだろう。今しかないからこそ、貪欲なほどに学びたいと望んでいるのだろうか。

登志蔵が春彦に問うた。

「春彦さんよ、玉石さんから知らせをもらってないか？　蘭方医術を悪用する、いかさま医者が出没している、と」

「聞いたよ。今日はその話のために来た。といっても、私は近頃の江戸の事情を知らないからね。役に立てるかどうか」

「仕掛けが安っぽいんだ。がっつり長崎で学んできた医者が絡んでいる、というわけじゃあないような気がする。ただ、それにしちゃあ妙に込み入った話を知ってもいる。ちぐはぐな感じがするんだ」

「幾人かが組になって動いているんじゃないかな。浮かび上がってくる人物像、すべてが正しいのかもしれない。何にせよ、憶測ばかりではどうにもならないだろうけれど」

西棟へ向かいながら、駒千代が言った。

「春彦さん、勘吾さんの様子を知りませんか？　義父に頼んで、長崎屋さんにわたりをつけてもらったんです。でも、勘吾さんはいませんでした。前にお話ししたときは、長崎屋に泊まっていると確かに言っていたのに」

勘吾の名を出した途端、春彦の目が不穏な感じに細められた。

「あいつに何の用があるというんだ？」

「大した用じゃないんですけど。この間、私の絵をすごく気に入ってくれていたから、絵と手紙を届けたいと思ったんです」

「勘吾がどうしているのか、私は知らないよ。江戸に来てまでわざわざ顔を合わせる必要もない。向こうもそう思っているさ。お互い、どうにも苦手でね」

泰造が肩をすくめた。

「春彦さんがいじめるから、勘吾さんは怖がって避けてるんじゃないの？」

「失敬な。いじめたりなどしないよ」

「そいつは信用できない。瑞之助さんのこと、いじめたくせに」

水を向けられた瑞之助は目をしばたたき、春彦に苦笑してみせた。

「いじめるとか何とか、子供同士のような言い回しを使われると、何だかきまりが悪いな。春彦さんは人をからかうことはあっても、悪意をぶつけるような真似はしない。そうでしょう？」

「相手が敵でない限りはね」

含みのある言い方である。そういう口の利き方をするから、誤解を生むのだ。

秋風が吹いている。肌寒くなってきたな、と瑞之助は感じた。同じことを、駒千代も感じたようだ。

「風が乾いてますね。秋だなあ。どんぐりが実っている頃だから、集めに行きたいですね」

「本所に『どんぐりの稲荷《いなり》』と呼んでいるところがあるよ。いろんな種類が植わっているのと、日当たりや風の通り具合のためもあって、夏の終わりから秋、冬を越して春先までも、何がしかのどんぐりが拾えるんだ」

「すごいですね。行ってみたいな」

「前に蛇杖院でお世話をしていた幼子の家が、そのあたりでね。言葉もろくにしゃべれないうちから、木の実へのこだわりが強い子だった。きちんと種類を分けてからしまわないと、怒らせてしまうんだ」

勘定方のお役を務める御家人の子、宮島源弥《みやじまげんや》は今、四つだ。二つの妹ともども、体は華奢だが、元気そのものである。具合はどうかと様子を見に行くたび、しゃべる言葉が流暢になっている。

源弥の木の実好きは今でも変わらない。先日訪ねたときは、どんぐりだけでなく、松ぼっくりやもみじの種、椿《つばき》の実なども集めるようになっていて、それらの木がどこに植わっているのかを教えてくれた。

「次に駒千代さんが来るときは、どんぐりを拾いに行く？」

「楽しみです！」

駒千代は声を弾ませた。

五

昼前に、患者の訪れが一区切りした。瑞之助は真樹次郎の診療を手伝っていたが、季節の変わり目にもかかわらず、今日はのんびりとしたものだ。

患者のいなくなった診療部屋に、女中の巴が顔をのぞかせた。

「瑞之助さん、あんたにお客さんだよ。下《した》っ引《ぴ》きの知蔵《ともぞう》さん。前に深川西永町《にしながちょう》のお寺での捕物で一緒に戦った人だよね」

知蔵は瑞之助と同じ年頃で、目明かしの丹兵衛《たんべえ》の下で探索の手伝いをしている。以前の捕物の折には、膨大な量の瓦版《かわらばん》に当たって、蛇杖院をめぐる悪評の源を探り当ててくれた。

待合部屋に赴くと、知蔵は背を丸めるようにして頭を下げた。

「自身番《じしんばん》からの使いっ走りでさあ。丹兵衛親分の縄張りで喧嘩が起こって、けが人が出ちまいやして。けがをさせた男から話を聞いたら、身を守るために仕方なかったってんです。話はわかったし、けがをさせられたほうが絡んでいったようで、双方への処分も決まりやした」

「けがは、ひどくはなかったんですか？」

「へい。ほっときゃ治る程度でさあ。それで、問題は、不運にもごろつきに絡まれて、仕方がないんで返り討ちにしたほうの男です。お咎めなしってことになったんで、家に帰してやろうとしたんですが、帰る場所がねえって言うんですよ。頼れる相手がいねえか尋ねると、蛇杖院の瑞之助さんの名が出やして」

巴が首を突っ込んでくる。

「喧嘩だって？　あたしもついていってたげようか？」

瑞之助は苦笑した。

「一人で行きますよ。喧嘩の助っ人《すけと》に呼ばれたわけじゃありませんから。それで、私の名を出したのは、どういう人なんです？」

「医者を名乗っておりやす。高野長英とかいう、二十の若造で」

「ああ、長英さんか！」

「本人の言うとおり、瑞之助さんの友ってぇことで、間違いねえんですかい？」

瑞之助はうなずいた。むっつりと黙りこくって強がっていた長英が、窮地で瑞之助を頼ってくれた。そのことがじんわりと胸を温めた。

「身元の怪しい人ではありませんよ。ちゃんとした医者で、お金に苦労しながらも、まっすぐに生きようと一生懸命なんです。まだ自身番にいるんですよね？」

「へい。あっしらの根城《ねじろ》の、豊島町《としまちょう》の自身番です」

「迎えに行きます。案内してください」

知蔵を少し待たせ、瑞之助は急いで着替えてきた。

蛇杖院の中では、筒袖で動きやすいお仕着せをまとっている。唐土の伝説の医者の名を冠して「華佗着《かだぎ》」と名づけたお仕着せだ。この格好が気楽なのだが、表に出るときはちゃんとしなさいと、女中たちからさんざん言われている。

羽織袴に二刀を差した瑞之助は、知蔵の案内で内神田の豊島町へ向かった。小梅村からの道のりは、一里ほど（約四キロ）になる。

道中、知蔵と話をした。医術や捕物と関わりのない、どうでもいいような話ばかりだった。歳が近いおかげか、何となく話が合い、ときどき笑ったりもした。

豊島町のこぢんまりとした小料理屋や煮売屋が並ぶ通りの角に、その自身番はあった。

ふてくされた顔をした長英は、縄を掛けられてこそいないものの、見張りをつけられていた。鉢巻《はちまき》をした女が二人、さすまたを手に仁王《におう》立ちしているのだ。

「あなたがたは……」

女たちに見覚えがある。瑞之助が問うより先に、女のほうから名乗った。

「くわだて屋の、おあきさんだよ。覚えといてくれたんだねえ、色男。近頃は元気にやってるかい？」

「ええ。おかげさまで」

もう一人も、ふっくらした頰に笑みを浮かべた。

「このおさださんのことも覚えといてくれたかい？　あの頃よりは顔色がいいみたいだね」

「近頃はちゃんと食べていますから」

おあきは、くわだて屋という小料理屋のおかみだ。どんぶり飯におかずをのっけた「ずぼらのどんぶり」が名物である。おさだのほうは、おあきを手伝ったり、別の料理茶屋へ女中として入り込んだりと、いろいろやっているらしい。二人とも、瑞之助よりいくつか年上だ。

探索にも捕物にも長《た》けた二人だが、長英には少し手を焼いていたようだ。おあきが苦笑した。

「強情なんだよ、この人。瑞之助さんが来るまで口を開かない、水も飲まない、飯なんか決して食わないって宣言して、それっきり、本当にそうしてんだからさ」

「そうそう。強情って言やあね、喧嘩のやり方もずいぶんだったわ。立派な刀を腰に差してるのに、抜かなかった。拳ひとつで五、六人のごろつきと渡り合ったのよ」

からかうような口ぶりで話題にされても、長英はなお黙りこくっている。瑞之助は長英の前に膝をついた。

「迎えに来たよ。一体、何があったんだ？」

「俺もよくわからねえ。いきなり、ごろつきに絡まれた」

「このあたりで？」

「……別の場所から、跡をつけられていた」

「もしかして、先日の？」

初めて長英と出会ったときは、新李朱堂の医者たちと口論になっていた。その件だ。しかし、長英はかぶりを振った。

「違う。あいつらはこういうやり方はしねえ。裏から手を回して、しまいにゃ金で脅してくる。この間の、杖で殴りかかってきたようなのは、素行が悪いってんで追放されるんだ」

「なるほど。ほかに心当たりは？」

「なくはねえが、証がない。それに、医者は人に憎まれるもんだろ。どれほどの腕利きでも、すべての命を救えるわけじゃあねえ。悪名高い蛇杖院の医者なら、身に覚えがあるだろ」

瑞之助は、泥団子をぶつけられたことを思い出した。正吉の友は今にも泣きだしそうな顔をしていた。会うたびにやつれていく正吉の両親も、言葉にしないだけで、瑞之助の不甲斐なさを恨めしく思う気持ちが、胸のどこかにあるだろう。

おさだは肩をすくめた。

「お医者先生たちって、喧嘩ばっかりしてるよねえ。派閥争いだか縄張り争いだか知らないけど、どうしたって相容れないのかい？」

「お恥ずかしい限りです。目の前の患者を救いたいという気持ちは同じはずなのですが」

おあきが外を指差した。

「長英さんにぼこぼこにされてたごろつきどもは、小伝馬町《こでんまちょう》の牢屋敷《ろうやしき》に連れていかれちまったよ。だんまりだったんで、素性《すじょう》はわからずじまいだけどね」

知蔵が指をぽきりと鳴らした。

「連中が話す気になるまで、じっくり向き合ってやってもよかったんですがね」

瑞之助は苦笑した。

「手荒《てあら》な真似は結構ですよ。医者がけが人を増やしてしまったのでは、本末転倒ですから。長英さんは、もう連れていってもいいんですよね？」

「へい。ひととおり、話は聞きやした。また妙な連中に付け狙われるようなことがあれば、相談してくだせえ」

瑞之助は自身番の面々に礼を言い、長英に微笑みかけた。

「じゃ、行こうか」

うなずいた長英の腹が、きゅう、と情けない音で鳴った。

前と同じく、薬研堀の煮売屋、つき屋に足を運んだ。昼下がりの半端な刻限である。瑞之助と長英は、奥の床几に腰を下ろした。

「昼餉《ひるげ》を二人ぶん。長英さん、酒も飲むかい？」

「いいのか？　相変わらずの無一文だぞ」

「構わないよ。私も飲めるのなら一緒に飲むけれど、あいにく弱くてね」

注文を受けた元助が台所に引っ込む。ほどなくして、芋《いも》の煮っころがしと豆腐の田楽、青菜の浅漬けを運んできた。

「酒は今、燗《かん》をつけてるからちょっと待っててね。ご飯は、握って味噌《みそ》を塗って七輪で焼いてるところだよ。たくさん食べてってね」

元助は愛敬がある上に気が利く。余計な声掛けなどせずに放っておいてくれるのだ。

長英はぼそりと瑞之助に告げた。

「呼び出して悪かった。あんたしか頼る相手がいなくて、名前を出しちまったんだ」

「信用してもらえて嬉しいよ。どうしているかなと、ときどき思い出していた。食うや食わずの暮らしをしていたんじゃないか?」

改めて顔色を診るついでに、その目をのぞき込む。暴れたがる熱を無理やり押し込めているような目だ。

長英は、瑞之助が医者の目で顔色を探っているのに気づいたのだろう。顔を背け、豆腐の田楽を頬張《ほおば》った。食べ始めてみると、空腹だったことを思い出したらしい。あっという間に小鉢《こばち》の料理が長英の腹に収まっていく。

「わあ、お兄さん、いい食べっぷりだね」

元助が目を見張って、ちろりの酒とお猪口《ちょこ》、湯呑《ゆのみ》に入った白湯《さゆ》を置いていった。台所の昭兵衛が身を乗り出し、こちらの小鉢が空《から》になったのを見て取って、台所に引っ込む。すぐにお代わりが運ばれてくる。

長英が人心地つくまで、瑞之助は待った。

以前会ったときよりも、長英はさらにやつれたように見える。体を損《そこ》ねてはいないようだ。もともと頑丈なので、無理ができてしまうのだろう。

半年ほど前の瑞之助がそんなふうだった。飲まず食わず、さほど眠りもせずに動けるものだから、気づいたときには度を越しており、いきなり倒れて皆に迷惑をかけた。

長英は、運ばれてきた料理をすべてぺろりと平らげると、ようやく、ちろりの酒をお猪口に注いだ。

「酒なんか久しぶりだ」

一口飲んで、ほう、と息をつく。

「腹のほうは満足した？」

長英はうなずいた。お猪口の酒をぐいと飲み干す。その頬が、初めて緩《ゆる》んだ。

「うまかった」

「うまいものをうまいと感じられたんなら、よかった。くたびれすぎると、何ひとつわからなくなるからね」

長英は酒を呷る。たちまち頬が赤くなった。酒の回りが速いのは、疲れのためだろうか。その舌が、抑えを外されたかのように動きだした。

「一昨日の昼にたまたま、昔の仲間に会った。同じ奥州出身で、蘭方医を目指してた男だ。俺よりいくらか年上で、頭の回るやつではあった。蘭学塾で知り合ったんだ。後ろの隅《すみ》のほうでさ、白い目を向けられてた仲間だ」

「白い目というのは、なぜ？」

「江戸の高名な蘭学者先生ってやつは、弟子を大勢抱えてて、田舎から出てきた貧しい青二才《あおにさい》なんか洟も引っかけねえんだよ。俺は、必死に働きながら独学でオランダ語を学んで、何とか塾にも顔を出してた。それでよ、そんな頃に似たような暮らしを送ってた男と、一昨日会ったんだ。あいつ、成功していやがった」

旧友の成功を喜ばしいこととは感じられなかったらしい。長英は顔を歪《ゆが》めた。

「いい着物を身につけて、取り巻きも連れていやがった。お高い茶屋のおかみにぺこぺこ頭を下げられて、気分よさそうに笑いやがっててさ。何であいつなんだ？　俺のほうがオランダ語ができる。医術も一足先を行ってたはずだ。なのに、どうして俺じゃなくてあいつが成功してんだ？」

「巡り合わせ、というものかな。己の力ではどうしようもないものに振り回されたり、逆に後押しされたりする。そういうのは、ままならないからね」

長英の目は爛々《らんらん》と光っている。嫉妬《しっと》と羨望《せんぼう》。正直な感情だ。それを隠さず話してくれることに、瑞之助は安心してもいた。何でも吐き出してほしいと思った。抱え込むことに疲れて押し潰される姿など見たくない。

「あの野郎、俺を手伝いに雇ってやると言いやがった。もちろん断った。俺にだって意地がある。診療所を開こうとしてんだよ。場所も決まってた。京橋鈴木《きょうばしすずき》町《ちょう》の仕舞屋を借りる約束も取りつけたんだ。掘っ立て小屋みてえに小さな家だが、俺が自分で開く初めての診療所だ。そこで始めていけるはずだった」

「はずだった？」

「別の誰かに借りられちまった。家賃を一年ぶんも前倒しで払っていきやがったらしい。俺がようやく初めの一月ぶんを掻き集めてきて、やっとあの家を借りられる、やっとまともな屋根の下で暮らせると思った矢先にだぞ」

「それ、いつのことなんだ？」

「昨日の夕方だ。途方に暮れた。帰る場所もなく、宿を探して歩き回ってたら、いつの間にか、ごろつきどもにつけられていた」

「そのごろつきに絡まれて、喧嘩になったのか」

「ごろつきどもは、懲《こ》らしめておくように言われてるとか何とか、ほざいていやがった。だがな、あの程度で俺をどうこうできるつもりだったってのが、ちゃんちゃらおかしいぜ。俺は医者である前に、武士なんだ。後ろ指を差されねえくらいには、剣の腕だってある。見てくれ。大切な刀なんだ」

長英は、腰に帯びていた大小のうち、長いほうの刀を手に取った。鯉口《こいぐち》を切り、一尺ほど（約三〇センチ）、ゆっくりと刀身を引き出す。明かり取りの窓から入ってくる日差しを浴びて、きりりと尖った三本杉の刃文がきらめいた。

「身幅が広くてたくましい。格好がいい刀だね。何か、いわれがあるのか？」

「関《せき》の孫六《まごろく》って、聞いたことがあるだろ。この刀は、名工として知られる二代目孫六兼元《まごろくかねもと》の作だ。こんなたいそうな刀を、江戸に出る俺に養父が託してくれた。養父も杉田玄白《すぎたげんぱく》のもとで学んだことがあるんだ。だから俺の背中を押してくれた。俺はこの孫六に懸けて、恥知らずな振る舞いなんかできねえんだ」

長英は唇をきつく嚙み締めた。愛刀を握る手に力がこもっている。

瑞之助は少し身を乗り出し、一尺ほど刀身をのぞかせている孫六の刃文を見つめた。刀に詳しくない瑞之助でも、関の孫六の名と、つんつんと尖った形の刃文が特徴であることは、さすがに知っている。

「凜《りん》とした刀だ。この刀に懸けて、と誓うほどに譲れないものが、長英さんにはあるんだね。とても立派だ。一人きりで足掻いて、なかなか報われず、つらかったろう？」

瑞之助は背筋を伸ばし、刀から目を上げた。長英の目をのぞき込む。長英は、かちっと音を立てて刀を鞘《さや》に納めた。その目に張り詰めていた涙が、とうとうあふれ出した。

「本当は一人じゃなかったんだ。兄上が一緒にいた。だから俺は、江戸に出てこられた。一人じゃ何も始められなかった。なのに、兄上は、死んだ」

「亡くなった？　なぜ？」

「病だ。この五月に死んだ。あんたと同い年で、漢方医として独り立ちしたばっかりだった。これからってときに病を発して、半年の間にどんどん弱って、死んじまった。俺は薬代を必死で稼いだ。でも、何ひとつ効かなかった。何の病なのかさえ、俺にはわからなかった。俺は医者なのに……！」

長英は大きな掌《てのひら》で顔を覆った。押し殺しきれない嗚咽《おえつ》が手の隙間から漏れる。

瑞之助は、間に置いていたちろりや小鉢を脇によけると、長英の隣に座り直した。瑞之助より大きな背中を、ぽんぽんと叩く。

「一人で看病していたのか？」

「当たり前だ。親に言えるもんか。兄上は、初めは、胃もたれすると言っていた。江戸に着いてから、妙に痩せたんだ。苦労しているせいだと思った。名医として評判が立ったら、きっと全部うまくいくと信じてた。でも、病はどんどん悪化した。何の病か、本当にわからなかったんだ」

「人の体の中を見る方法は、今の世には存在しないからね。私たちには、わからないことが多すぎる」

　正吉の病を思う。桜丸によれば、頭蓋の内に腫物があるという。だが、瑞之助が正吉の頭に触れても、どこにその腫物があるのか感じ取れない。ましてや、その腫物を取り除く手立てなど、想像もつかない。

「兄上は、しまいには熱が下がらなくなった。腹の奥が痛い、背中も痛いと苦しんで、何も食えず、痩せる一方だった。何の病なのか、何度も尋ねた。兄上は物知りだから、わかるんじゃないかって。でも、兄上自身にもわからなかった」

「お兄さんも無念だっただろう。弟をこんなに苦しめてしまうなんて」

「俺に詫びてばっかりだった。つらい思いをさせる代わりにおまえの役に立とう、とも言ってくれた。死んだら腑分けしてくれ、と。腹を割《さ》いて、じかに臓腑を見たら、病の正体がわかるかもしれない。それは今後、きっと医業の役に立つ。そんなことを、兄上は言ったんだ」

「腑分けをしたの？」

長英は激しくかぶりを振った。

「できるはずがねえ。やらなけりゃならねえ、兄上の望みでもあるんだって思っても、どうしてもできなかった。死んだ後であっても、大切な肉親の体を傷つけるなんてこと、できるはずがなかった」

朱子学《しゅしがく》の教えだ。父や兄は殊に大切にするよう教えられる。孝心とは、人が持つべき心根の中でも特に大切なものだ。父母から授かった肉体を損ねることがあってはならない。

その教えが浸透していればこそ、日ノ本において、腑分けはめったにおこなわれない。学びのために必要だとわかっている。頭ではそう判断していても、物心つく頃から教え込まれていた朱子学に背《そむ》くことは、医者といえども難しい。

「私にもできそうにないな。大切な人から、自分の死後に腹を割いて病のありかを探り当ててほしいと言われても、腑分けのための刃物を手にすることはおろか、その様子を見ることすら、きっとできない」

おそよのことを思っている。あの病も、わからないことだらけだった。ふとしたときに今でも思う。何ひとつ、おそよの役に立てなかったのではないか、と。

長英が目を上げた。

「兄上も、あんたとまったく同じことを言った。腑分けなどできないと俺が拒んだら、苦しそうに笑いながら、私にもできそうにないな、と。朦朧《もうろう》として、郷《さと》の訛りが出てきてはいたが、同じような口ぶりで言ったんだ」

「そう」

「あんたは本当に兄上に似ているんだ。顔は似ていない。声も似ていない。でも、背格好は同じくらいだし、しゃべり方や物腰が似ている。俺をそうやってまっすぐ見るところとか、本当に……」

不意に長英の目がとろんとしたかと思うと、いきなり体が斜めになった。がくりと倒れてくるのを、瑞之助は慌てて抱き留めた。

「ちょ、ちょっと、大丈夫か？」

力の抜けた体は重たい。瑞之助の慌てた声を聞いて、昭兵衛が台所から顔を出し、急いで飛んできた。声を掛け合い、力を合わせて長英を床几に寝かせる。

瑞之助は手早く、長英の脈と呼吸を調べた。ほっと息をつく。

「酔いが回って眠りに落ちただけでしょう。びっくりした」

「だったら、このまま寝かせときゃあいいでしょう」

「いいんですか？」

「構いやせん。酔いつぶれて寝ちまう客も少なくねえ。枕を持ってきやしょう。

元助、このへんのもんを片づけちまえ」

　はーい、と元助が返事をした。

　瑞之助は、軽いいびきをかく長英に羽織を掛けてやった。

「弟がいたら、こんなふうなのかな」

　迷惑をかけられているのかもしれないが、鬱陶しいなどとは感じなかった。長英が目を覚ましたら、蛇杖院に連れて帰ろうと思った。

　帰りは日暮れ時になった。秋の日は短い。いくぶんすっきりした顔の長英は、酔って弱音を吐いたことをしっかり覚えているようで、気まずそうに黙りこくっていた。

　両国橋を渡り、本所を東へと進んでいたときだ。

　南の深川へ向かう道の先に、知った人影を見た気がした。

「勘吾さん？」

　黄昏時《たそがれどき》のことで、目を凝《こ》らしたが、頭巾をかぶった後ろ姿は遠ざかっていき、しかとは確かめられなかった。

　瑞之助はかぶりを振り、長英を伴って帰路を急いだ。

六

長英は蛇杖院に居候《いそうろう》することが決まった。なけなしの荷物は、以前世話になっていたという薬屋に預けていた。それを引き取ってくると、東棟の一室に宿ることとなった。

瑞之助は、そのまま蛇杖院に住み込んで医者となる道も勧《すす》めたが、長英は首を縦に振らなかった。医者として自立することを目指して故郷を発ってきたのだから、厄介になりっぱなしでは面目が立たないという。

ただ、真剣な目をして言いだした件がある。

「あんたのこと、兄者《あにじゃ》って呼んでもいいか？」

瑞之助は微笑んでみせた。

「構わないよ。私も長英さんのことを弟のように思おう」

「じゃあ、長英と呼んでくれ。他人行儀な呼び方をされたくない。弟を呼ぶように、長英と呼んでほしいんだ」

「わかったよ、長英」

長英が蘭方医を目指していることを告げると、登志蔵は値踏みするように上から下までじろじろ眺めた。そして自分の部屋に連れていき、蒐集品の模型を見せてくれた。

「どうだ、腑分けの模型だ。肌をこうやって取り除くと、はらわたが入ってる。うまくできてるだろ？」

初めて見せられたとき、瑞之助が青くなった模型である。

長英は、もともと大きな目を皿のように見開いて声をなくしていた。怯えてはいない。むしろ、目をきらきらさせている。その態度が気に入ったようで、登志蔵は次々と披露してくれた。

玉石もまた、長英を歓迎した。西棟へ入るのを許可したのだ。オランダ渡りの医書がずらりと揃った書棚を前に、長英はしばらく動かなかった。

瑞之助が書庫へ案内すると、感動のあまり放心していたのだ。我に返ってもなお、声を震わせていた。

「本当に、ここにあるものを、俺が読んでもいいのか？」

「どうぞ。このあたりの本を読めるのなら、ずいぶんオランダ語ができるんだね。江戸に出てきてからの独学だろう？　すごいな」

「読み書きだけで、しゃべることはまったくできないがな。写本を作る仕事で覚えた。いずれは、日ノ本の役に立つ蘭学の本を和語に訳して、本にして売りたい。そっちで儲《もう》けを出せたら、医者としては好きなようにできる。金がない患者を切り捨てずに済む」

「それが長英にとっての、果たすべき大願か。立派だ。素晴らしいと思う。地に足が着いていて、いいね」

長英は、腑分けに関する本を手に取りながら、首をかしげた。

「何だ、その大願ってのは？」

「蛇杖院の医者になりたいと言ったとき、玉石さんから問われたんだ。何のために医者になりたいのか、どんな医者になりたいのか。私が浮ついて見えたんだろうね。私もきちんと答えられなかったから、初めはずいぶん厳しくされた」

「大願を果たせるほどの医者になれってか。兄者は何を果たしたいんだ？」

「幼子が病のために命を落とすことが、今の世ではあまりに多いだろう？　なるたけ死なせたくないんだ。幼子の命を救える医者になりたい。でも、道はまだまだ遠いよ」

長英は手元の本に目を落とした。

「郷にいた頃、養父が近所の子供らに手習いを指南していたんで、俺も十二の頃から手伝って、教える側に回った。寒くて、作物の実りにくい土地柄だから、人がどんどん死ぬんだ。養父のところに来ていた子供らも、幾人も死んだ。口減らしのために売られた子もいた」

「江戸はまだいいんだと、僧医の岩慶さんから聞いた。日ノ本には、医者のいないところのほうが多い、と。救いたい命がこぼれ落ちていくのを、どうすれば止められるんだろうね」

「今の世の人間は無知で無力だ。世の中そのものがもっと賢く強くならなきゃいけねえ。そのために、俺は学ぶんだ。俺が世の中を引っ張ってってやる」

低い声で唸るように言う長英の目に、うっすらと涙が浮かんでいる。亡くなった兄のことを思い出しているのかもしれない。瑞之助は、その涙を見なかったふりをして、書棚にまなざしを移した。

そのときだ。

がちゃん、と荒っぽい音が聞こえた。

思わず、開け放った扉のほうを向く。

「何だ？」

瑞之助は廊下に出た。と同時に、客間から人が押し出されてくるのが見えた。

玉石が勘吾を突き飛ばしたのだ。

「勘吾、いい加減にしなさい」

対する勘吾は、頭巾の陰に隠れがちな目を悲痛そうに細めている。

「後生だから、ちゃんと話を聞いてほしい。私だって、思いつきでこんなことを言っているんじゃないんだ。たま姉さま、ずっとあなたに憧れて……あなたと夫婦になれたらと、思い描いてきたんです。だから……」

玉石は、手にしていた櫛を勘吾に突き返した。

「こんなものは受け取れない。それに、わたしはもう誰かと夫婦になるつもりもないと、何度繰り返せばわかる？」

「たま姉さま」

「玉石と呼びなさい。一体、何があった？　また何か抱え込んで追い詰められて、わたしにすがるしかなくなっているんだろう。この櫛はどこで手に入れた？」

「……そういうわけではなくて、ただ……」

玉石がこちらを向いた。そのまなざしを追って、勘吾も瑞之助と長英に気づいた。びくりとして櫛を取り落とす。それを拾いもせず、勘吾は顔を伏せ、そのまま去っていった。

瑞之助もさすがに気まずくて、声を掛けられなかった。長英は眉をひそめている。何が何だかわからないはずだ。

勘吾が西棟から出ていった。ばたん、と戸が閉まる。

玉石は嘆息し、櫛を拾って苦笑した。

「こんなものを置いていかれても、どうしようもないというのに。瑞之助、長英。変なところを見せてしまって、悪かったね」

「いえ、何かが落ちるか倒れるかするような物音が聞こえたもので、心配になって。玉石さん、大丈夫でしたか？」

「筆入れを落としただけだよ。派手な音がしたけれど」

玉石がさりげなく手首をさすった。血の色が見えた気がした。勘吾につかみかかられたのだろうか。

「おけいさんか誰か、呼んできましょうか？　初菜さんと巴さんは往診に出ていますが、りえさんは南棟にいるはずですよ」

「心配性だな。本当に、何事もなかったから平気だよ。勘吾は、また揉《も》め事《ごと》に巻き込まれているのかもしれないな。恥ずかしながら、長崎の通詞連中は一枚岩ではなくてね。殊に勘吾は、外れくじを押しつけられがちだ」

「春彦さんも、勘吾さんとはうまくいっていないようなことを言っていました」

「あの二人は幼い頃から反りが合わないみたいでね。とにかく、わたしのほうは大丈夫だよ。ああ、そうだ。客間を片づけたいから、満江《みつえ》とおとらを呼んでくれないか」

「わかりました」

玉石は面倒そうに櫛を一瞥《いちべつ》した。色合いからして鼈甲《べっこう》だろう。

瑞之助は長英に笑みを向けた。

「書庫に戻ろう。長英はこの機にいろんなものを読むといい。私は南棟の診療部屋に行くよ。昼餉の頃に呼びに来るから」

長英はうなずきながら首をかしげた。

「さっきの男、あの頭巾と泣きぼくろには見覚えがある。どこかで会った」

「ひょっとして昨日かな？　つき屋から蛇杖院に引き揚《あ》げてくる途中、後ろ姿を見た気がしたんだ」

「いや、違う。一眠りしてすっきりしてたんで、そのときに見たんだったら思い出せる。それよりも前なんだが。くそ、眠ってねえと、物覚えが悪くなって駄目だな」

「そのうち、何かの弾みで思い出すかもしれないよ」

瑞之助は長英の肩をぽんと叩いてやった。

第四話　からくり

一

人の争う声が響き渡った。怒鳴り合う声の中に、子供の声が交じっている。

初菜と巴は、立ち止まってあたりを見回した。

「何事かしら？　子供が喧嘩沙汰に巻き込まれているの？」

深川の北辺、常盤町《ときわちょう》三丁目の一角である。往来の真ん中で、十《とお》になるかどうかという年頃の男の子が、大人の男に食ってかかっている。

巴がにわかに気色《けしき》ばんだ。

「あいつ、医者じゃないか！」

男は禿頭で、十徳らしき上着をまとっているのだ。年の頃は四十半ばといったところだろうか。固太りした体つきで、肌はてかてかと脂ぎっている。付き人に背負わせている荷は、間違いなく薬箱だ。

対する男の子はただ一人だ。付き人に腕を押さえられながらも、医者に食ってかかっている。

「やっと見つけたぞ、悪党！　おいらのおっかさんを騙したのはおまえだろ！　どんな病でも治せるって言ったくせに、おっかさんはあれっきり寝ついて、ずっと泣いてる。おまえがひどいことをしやがったせいだ！」

「知らん。人違いではないのか？」

「とぼけるな！　放せ、このいかさま野郎ども！」

じたばたして拘束を逃れた男の子は、振り向きざまに付き人の股間《こかん》を蹴り上げた。その勢いで、医者に向かって突進する。だが、所詮《しょせん》は痩せっぽちの子供だ。大人の男の力にはかなわず、振りほどかれて突き飛ばされる。

そこへちょうど駆けつけた初菜が、男の子を抱き留めた。

「子供を相手に、何をしているんですか！」

「その子供が急に歯向かってきたのだよ。困ったものだ」

医者は、げじげじと太い眉をひそめ、妙に気取った仕草で、黒い上着の襟を整えた。ぱっと見たときは十徳かと思われたが、違う。西洋風の立て襟の外套《がいとう》だ。

巴が初菜と男の子を庇って、医者の正面に進み出た。巴は並の男より背が高い。医者を見下ろして、声にどすを利かせる。

「あんたらが何かやらかしたんでしょ。この利発そうな坊やが、こんなに怒るようなことをね！」

黒い外套の医者は、ねっとりとしたまなざしで巴の体を撫《な》で回《まわ》すと、ふんと鼻を鳴らした。

「無知ゆえの言いがかりだ。哀《あわ》れなものよな。儂の手技にすべて委《ゆだ》ねておれば、かの病は見事に癒えるというのに」

医者は背を向け、付き人を引き連れて去っていく。

男の子の体に力が入る。医者を追いかけていきそうなのを、初菜はぎゅっと抱きしめて引き留めた。

「行かないで。危ないわ」

「放せよ！　あいつ、人間の屑《くず》だ！　ぶっ飛ばしてやる！」

「お母さんがひどい目に遭わされたのね？　でも、やけになってはいけません。少し落ち着いて、話を聞かせてもらえますか？　けがはない？」

初菜が顔をのぞき込むと、男の子はばつが悪そうに、はすを向いた。

「……何ともないです。助けてくれて、ありがとうございます」

「どういたしまして。もしよろしかったら、お母さんのところに案内してもらえますか？　お体を診せてもらいたいの」

えっ、と男の子は訝《いぶか》しげな目を初菜に向けた。巴が初菜の薬箱を掲げてみせると、男の子の顔がぱっと輝く。

「もしかして、医者なの？　女の人だけど、ちゃんとした医者？」

「そうよ。お母さんのこと、もう男の医者には任せたくないのでしょう？」

「うん。女の医者のほうがずっといい。でも、うちはおっかさんとおいらだけで、おっかさんが今ちょっと働けなくて、だから、その……」

初菜は微笑んでみせた。

「お金のことなら心配しないで。薬代をいただく代わりに、あなたやお母さんから、先ほどの医者についてのお話を聞かせてもらいたいんです。近頃、蘭学の知を悪用して、いかさまを働く医者がいると耳にしています。あなたのお話、奉行所の探索の手掛かりになるかも」

「奉行所の探索だって？　お姉さん、ただの医者じゃないの？」

「申し遅れました。わたしは蛇杖院の医者で、船津初菜と申します」

「じゃ、蛇杖院？」

「恐ろしい噂を聞いているかしら？　信用してもらえないかもしれないけれど」

「そういうわけじゃなくて、その……」

男の子は言いよどんでしまった。

初菜と巴は顔を見合わせた。巴が肩をすくめ、男の子に話しかける。


「あたしは巴。初菜さんの往診の付き人を務めたり、患者さんのお世話をしたりしてるんだ。蛇杖院では、あたしみたいなお世話係の女衆が強いんだよ。あんたのおっかさんのことも守ったげる。それで、あんた、名前は？」

「草太《そうた》です。草に太いって書いて、草太」

「いくつ？」

「九つです。手習いはやめて、先月から働きに出てます。まだ大した仕事はできないけど、おっかさんの代わりなんです。おっかさんが寝ついちまってから、雇い主があれこれ心配して、おいらにも仕事をくれました」

「どういうところで働いているの？」

「船宿です。変なところじゃないですよ。料理がうまいって評判の、こよみ屋ってところ。清住町にあります。ほら、こよみの語呂合わせで、五四三ってあしらってあるでしょう？」

草太はくるりと後ろを向いて、着物の背中に染め抜かれた柄を指差した。五本組の縦縞《たてじま》を左右、四本組の横縞《よこじま》を上下とする枠の中に、三の字が入っている。

話しぶりを聞きながら、初菜は草太の聡明《そうめい》さを感じ取った。体つきは確かに九つの幼さだが、引き締まった顔つきは、歳に似合わないほど落ち着いている。

こよみ屋の主がただ情けをかけて施しをするのではなく、仕事を与えたというのも道理かもしれない。この子ならば、きちんとやってくれる。そう感じさせるような賢さと芯の強さがあるのだ。

「お母さんは、いつ頃から具合が悪くなったの?」

「半年くらい前からです。咳をするとか熱があるとかじゃないんだけど、だんだんつらそうな様子になってきました。起き上がったら、めまいがするんだって。横になってばっかりなんです」

「そう。お母さんと二人暮らしなのね?」

「二人です。おとっつぁんは、おいらが覚えてないくらいの頃に死にました。ええと、本当は母上、父上って呼んだほうがいいんです。二人とも武家の出で、父上は学者だったそうで、うちには四書五経《ししょごきょう》や朱子学の写本があるんですよ。おっかさんも漢文が読めるから、おいらも教わってます」

何となく、草太の家の事情が見えてきた。武家の出だが、長屋暮らしをしているということは、実家との縁がもう切れているのだろう。働いている船宿のほかには、助けを求める先がないのではないか。

初菜は、草太の肩をそっと押した。

「お母さんのところに案内してください。まずはお体を診せてもらいます。さっきの医者の顔も出で立ちも覚えました。草太さんも覚えているでしょう？　手がかりは十分よ。今は焦らず、お母さんのことを優先しましょう」

はい、と草太はうなずいて歩きだした。長屋は、こよみ屋と同じく深川清住町にあるという。長屋の家主も、こよみ屋の親父なのだそうだ。

初菜たちが蛇杖院に帰り着いたのは、あらかじめ告げていたより遅い刻限になってしまった。

腹が立って仕方がない。初菜の激怒は、傍目《はため》にもはっきりとわかったらしい。中庭で鉢合わせした瑞之助が、雷を落とされるとでも思ったのか、足を止めて首をすくめた。

「お、お帰りなさい。あの、こたびは何があったんですか？」

巴がたびたび口にする愚痴だが、瑞之助の優しすぎるところにいらいらするという。初菜も同感だ。瑞之助ならおとなしく受け止めてくれるとわかっているから、必要以上に荒《あら》らげた語気をぶつけてしまう。

「赦《ゆる》しがたいことが起こっているんです！　早急に手を打たなくてはなりません。瑞之助さんも聞いていますよね。深川のいかさま医者の件です。害を被った患者さんと出会いました。もう、腹が立つわ！」

いかさま医者、と瑞之助は口の中で繰り返した。そのまなざしが、初菜と巴の中間、やや低いところでぴたりと止まる。

草太が、わあ、と焦った声を上げた。

「やっぱりいた！　そうだよな。蛇杖院の医者だって言ってたもんな……」

瑞之助は小首をかしげた。

「あなたは、深川清住町の正吉っちゃんの友達だね。二度ほど会ったかな。見舞いに来ていたこともあるよね」

初菜は思わず草太を振り向いた。初菜が蛇杖院の産科医だと名乗ったとき、心当たりのあるような顔をしたが、こういうことだったのか。

草太は勢いよく頭を下げた。

「ごめんなさい！　おいら、友達があなたに泥団子をぶつけるのを止めなかった。正吉っちゃんを治せない医者なんかひどい目に遭っちまえって、おいらも思ってたから。ごめんなさい！」

ええっ、と巴が目を見張る。

「泥団子って、何なのさ？　あんたたち、瑞之助さんをいじめたってこと？」

「……いじめました」

「どうしてよ？　この人、頼りなく見えるかもしれないけど、医者としての仕事はきちんとやってるよ」

瑞之助が苦笑して取り成した。

「仕方ないんですよ。友達が病で苦しんでいるのに、医者は何の手立ても講じることができない。何て不甲斐《ふがい》ないんだ、と責めたい気持ちは、私自身がいちばんよくわかっていますから」

正吉という名の男の子を瑞之助が見舞っていることは、初菜も巴も知っている。一度、途中まで同道したこともある。

瑞之助は膝を屈《かが》め、笑顔で草太に尋ねた。

「名前は？」

「草太です。正吉っちゃんの向かいの長屋に住んでます」

「じゃあ、こよみ屋の親父さんの長屋だね」

「はい。うちはおっかさんと二人暮らしで、おっかさんが病で寝ついてるんで、おいらが代わりに、こよみ屋で手伝いをしてます」

「もう働いているんだ。すごいね」

巴が草太の頭をぽんぽんと優しく叩いた。

「この子、抜群に賢いんだよ。読み書きもそろばんも、九つとは思えないほどよくできる。何でも、耳で聞いた言葉をそっくりそのまま覚えちまうらしいの。ほら、りえさんもそういうところがあるでしょ」

「ああ、なるほど。得がたい才ですよね」

「草太があんまりしっかりしてるんで子供だってことを忘れちまうって、こよみ屋の親父さんなんかも言ってたよ。あたしら、いかさま医者のことを調べたくて、今日はあのあたりでいろいろ聞き回ってきたから」

「こよみ屋にも例の医者が近づいたとは聞いています。親父さんが正吉っちゃんのことで心を痛めているから、得意客が紹介したとかで。でも、親父さんも元目明かしです。正吉っちゃんの家族には目をかけて、守り通そうとしていたはず」

「そう、正吉のことで頭がいっぱいだったみたい。草太のおっかさんのところに例の医者が押しかけてたってことは寝耳に水だったの。急に具合が悪くなったとしか聞いてなかった、気づかなかった、面目ねえって、ずっと謝ってたよ」

草太が言い添えた。

「おっかさんが、誰にも言っちゃ駄目って。何をされたか、とても言えないって。だから、おいら、一人であのいかさま野郎を倒すつもりでいたんだ」

瑞之助が目を丸くしている。巴が手短に、草太と出会った経緯を伝えた。瑞之助はぽかんと口を開けた。

「さすがに、ちょっと無茶《むちゃ》が過ぎたんじゃないかな？」

「でも、もしも正吉っちゃんがおいらだったら、きっとうまくやるんです。正吉っちゃんはおいらよりずっと腕っぷしが強いし、足も速い。おっかさんのために、もっとうまいこと立ち回れるはずなんです」

「そうか。正吉っちゃん、格好がいいんだね」

うなずいた草太が、言葉を探すような目をした。それからまた口を開いた。

「正吉っちゃんは、あなたのことを格好がいいって言ってました。本物の刀をさわらせてもらった、剣術も教わったんだって喜んでました。子供でも使える竹刀《しない》を持っていってくれたんでしょ？」

「うん。素振りも少しできたんだよ」

「今は寝てばっかりになっちまってるから信じられないかもしれないけど、正吉っちゃん、本当にすごいんですよ。手習所ではいちばん足が速くて、泳ぎもできて、武士の子より喧嘩が強いんです」

「想像できるよ。腕も脚も傷痕《きずあと》だらけだからね。元気に暴れ回っている子の手足だと思ったよ。竹刀の持ち方ひとつ取っても、筋がよさそうだった」

草太がちょっと笑って、左腕を瑞之助のほうへ突き出した。肘から前腕にかけて、大きな傷痕がある。

「これ、正吉っちゃんと一緒に手習所の柿の木に登ったときの傷。枝が折れて、二人とも落っこちて、同じところを擦りむいたんだ」

「柿の木は折れやすいからね。痛かっただろう？」

「別に。頭を打ったり骨を折ったりはしなかったし。でも、手習いの師匠から大目玉を食らったのが、ちょっとだけ、おっかなかったです」

強張っていた草太の顔つきは、すっかり和らいでいる。瑞之助も笑みを浮かべ、それから、屈んだ格好のまま初菜を見上げた。

「それで、いかさま医者の件は？　何かわかったことがありました？」

「ええ。草太さんのお母さんから詳しくお話を聞くことができました。言葉にするのもおつらかったでしょうに、包み隠さずお話ししてくださったんです」

「病そのものはどんな具合でした？」

「血の道の病です。体に合う薬を飲み、体を冷やさないよう気をつけて養生すれば、ずいぶん過ごしやすくなるはずだった。それをあの藪医者め……！」

草太はいかにも聡明そうで愛らしい顔立ちをしているが、その母がまた、はっとするほどの佳人だった。その美貌ゆえ、いかさま医者の毒牙にかけられてしまったのだ。

ふと、にぎやかな声がした。登志蔵である。西棟から、春彦と連れ立って出てきたのだ。

瑞之助が先日連れてきた青年、高野長英が書庫にこもってオランダ語の本を読みふけっている。その長英にあれこれと蘭学の知恵を授けるのが、登志蔵も春彦も楽しくてたまらないらしい。

「おう、初菜、どうした？　また夜叉《やしゃ》みたいな顔になってるぞ」

遠慮のない登志蔵の口ぶりに、初菜はかちんときた。登志蔵は役者のように華やかな男前だが、あけすけで無礼な物言いばかりだ。浮いた話が聞こえてこないのは、そのあたりにわけがあるのだろう。

とはいえ、医術について議論するには、歯《は》に衣着《きぬき》せぬ登志蔵の気性はちょうどいい。殊に産科の話でまごついた態度をとらず、ずばずばとやってくれるのはありがたい。

「夜叉にも鬼にもなりますとも。由々《ゆゆ》しきことなのです。登志蔵さん、お尋ねしますけれど、蘭方の理論においては、子宮《しきゅう》が迷走するものなんですか？」

瑞之助が目をしばたたいた。

「迷走？　子宮が動き回る、ということですか？」

「患者さんがそうおっしゃいました。自分の病について蘭方医からそんなふうに説き聞かされた、と」

登志蔵は、くっきりと濃い眉をひそめた。

「ヨーロッパには、確かにそういう説があるらしい。だが、いくら何でも、そいつはたわごとだ。蘭方医術には優れた点もいろいろあるが、子宮が迷走する病なんてのは、まともな蘭方医なら取り入れやしねえぞ。どこの藪医者が、何て言ったって？」

「大人の女に多い病は、子宮が体のあちこちをさまようせいで起こる、と。ヒステリーと呼ばれる病だそうです」

「でたらめだ。人の臓腑はそうたやすく動き回るもんじゃねえ。子宮は女の下腹、へその下あたりにある。子を宿していないなら、鶏《にわとり》の卵くらいの大きさだ。そいつがさまよう？　そんなわけねえだろう」

「むろんです。お産のときには、あるべきところから子宮や腸が脱してしまうこともありますが、それがどれほどひどい苦痛を伴うか、わたしはさんざん目にしてきました。それだというのに、迷走だなんて」

春彦は医者ではないものの、オランダ語の医書には明るい。当然ながら、ヒステリーなる病についても知っていたようで、苦い顔をして腕を組んだ。

「ヒステリーの治療って、女の体に対する扱いがめちゃくちゃなやつだろう？

日ノ本の民の多くは蘭方医術が何たるかを知らない。そこに付け込んだのなら、外道《げどう》のやり口だ」

「まあ、漢方医術が本道であるのに対して、蘭方は外道と呼ばれちゃいるがな」

登志蔵がみずからを茶化すようなことを言った。春彦はかぶりを振る。

「水を差すなよ。本道だ外道だというのは、漢方側の言い分だ」

「そりゃそうだがな、蘭方医は存外、本道から外れた自分ってのをおもしろがる向きがある。漢方医術を修めた上で、物足りねえんで蘭方に手を出すわけだ。二刀流で、右手の刀がいいか左手の脇差がいいか、その都度、比べて選んでる。何が正しくて何が間違ってるか、見極めるための礎《いしずえ》を二つ持ってんだ」

「じゃ、己の欲のために二刀を振るう蘭方医を、外道ではなく下衆《げす》と呼ぼう」

「子宮迷走によるヒステリーってのを、その医者が本気で信じているなら阿呆《あほう》だ。たわごとだとわかっていて患者に吹き込んでるのなら下衆だ。どっちにしろ、犯した罪は同じだろ。蘭方医の風上にも置けねえ。斬って捨ててやる」

登志蔵の声は低く、口調は淡々としていた。本気で怒っているのだ。腕はだらりと垂らされているが、その手は刀を握る形になっている。

巴が誰にともなく問うた。

「とにかく、この件で玉石さまにお話ししたいんだけど、西棟にいらっしゃる？」

瑞之助が答えた。

「いえ、浅草の中西屋へ行っていますよ。それこそ、例のいかさま医者について話を聞かせてもらえることになったらしくて。夜には広木さんが蛇杖院に来て、話のすり合わせをすると言っていました」

「広木さまもいらっしゃるんだ。そんなら、ちょうどいいね。草太、八丁堀の旦那が動いてくれるって」

巴に水を向けられ、草太は、わあ、と目を丸くした。

二

浅草聖天町の中西屋を目指しながら、泰造は落ち着かない気持ちできょろきょろしてばかりいた。

泰造が玉石の付き人を務めるのは初めてだ。

「昼を過ぎたら、わたしと一緒においで。浅草の中西屋を訪ねるよ」

朝、いきなりそう告げられたのだ。

中西屋と聞いて、泰造は内心慌てた。おあいと顔を合わせることになるかもしれない。手紙を受け取ったきり、返事を出せずにいるのに。

玉石は、泰造の動揺を見透かしたように、にやりと笑った。

横川に架かる業平橋を渡り、中之郷を突っ切る。大きな武家屋敷や寺院のそばを抜けていく道だ。そのあたりはのんびりとした風情だが、大川に架かる吾妻橋《あづまばし》を渡って浅草に行きつくと、途端に繁華な気配に包まれる。

今日の玉石は女髪を結っているが、着物は男物の形に仕立ててある。ちぐはぐなようでいて、すらりと上背のある玉石には不思議と似合っている。その独特な気配が人目を惹きつけるのだ。特におなごの目が集まるのを、泰造は感じた。

「登志蔵さんのときより、おなごにじろじろ見られてらあ。玉石さまといい、桜丸さんといい、男とも女ともつかねえ格好の美男美女ってのは、おなごには妙に好かれるもんなんだ。芝居の女形《おやま》みたいにさ」

泰造はぼそりとつぶやいた。近頃では声がすっかり低くなったから、雑踏の中での独り言は玉石の耳にも届かなかったようだ。

「浅草は久しぶりだな。泰造は、先日も初菜と来たと言っていたね」

「はい。登志蔵さんの往診でも、ときどきこのへんを通ります」

「通るだけか。たまには門前町《もんぜんちょう》で遊んでみたっていいんだよ」

「そういうのは興味がなくて。何となく、好きじゃないんです」

まじめぶっているわけではなく、本音だ。江戸の町の浮ついたところは、どうもいけ好かない。せっかく稼いだ銭をあぶくのように費やしてしまうのが粋だとか、話を聞くだに呆《あき》れてしまう。

聖天町は、江戸から千住宿《せんじゅしゅく》のほうへ抜ける街道沿いである。足下を固める履物の店が多い。足袋を商う中西屋も、その一角に軒を連ねている。

玉石がおとないを入れると、中西屋の主夫妻、亀二郎《かめじろう》とお福《ふく》がみずから応対に出てきた。お鶴の両親である。お鶴の顔立ちは母親似だが、線の細い体つきは父親似だろう。

玉石とともに、泰造も客間に通された。この間、初菜と来たときは、裏手の縁側に腰掛けて本を読み、用事が済むのを待っていた。初菜はお鶴の部屋に入ったそうだから、泰造がついていくわけにはいかなかったのだ。

「失礼します」

聞き覚えのある声がして障子《しょうじ》が開いた。おあいである。茶を運んできたのだ。

泰造と目が合うと、おあいは照れくさそうに微笑んだ。頬も耳も真っ赤だ。亀二郎とお福が包み込むようなまなざしで見守っている。気まずい。

玉石と亀二郎が商いに関する話、今年の流行りの色がどうとかいった話を、二、三交わした。そうしていたところで、障子の向こうから、か細い声がした。

「お待たせいたしました。玉石さま、鶴がまいりました」

おあいが、さっと障子を開けた。

寝巻に小袖を羽織ったお鶴がそこにいた。髪は髷を崩して、緩く結っている。顔色が真っ白で、まるで人形のようだ。

玉石がお鶴に笑みを向けた。

「わたしが玉石だ。会うのは初めてだね、お鶴。無理をさせたのではないか？」

「いいえ、起きていました。髪がこんなふうで、ごめんなさい。体の具合は、初菜先生とりえ先生に診てもらうようになってから、ずいぶんいいんです」

「それはよかった」

「蛇杖院の主も女の人で、女のお医者さまたちも活躍していらっしゃるのを知って、わたし、黙って言いなりになるばかりではいけないと感じました。ですから、自分の口でお話ししたくて、玉石さまをお呼びしたんです」

「例の医者のことだね？」

お鶴は、はい、と答えた。亀二郎とお福も居住まいを正した。お鶴が目で両親を制し、口を開く。

「あのお医者さまは三日前、ご紹介くださったお客さまと一緒にお見えになったときに、もういらっしゃらないでくださいとお断りしました。お客さまが怒りだして、二度と中西屋とは取り引きをしないと脅してきたけれど、わたしは初菜先生とりえ先生の治療を信じていますから、引き下がりませんでした」

「そう。それっきり、例の医者はこちらに姿を見せていないのだね？」

「それっきりです。これでよかったと思っています。お客さまとの取り引きが反《ほ》故《ご》になったぶんの品も、烏丸屋さんが代わりに買い取ってくださいましたから、本当に助かりました。ありがとうございます」

お鶴と両親が深々と頭を下げた。玉石はかぶりを振った。

「顔を上げて。足袋は何かと入り用のものだから、烏丸屋のほうでもちょうどよかった。そもそも、商いの取り引きと治療の成否は、まったく別々の事柄だ。それを一緒くたにして、つまらぬ言いがかりをつけてくる客など、切ってしまって構わないさ」

「そんなふうに考えることにします。いろんなしがらみのために、正しい道はどれなのか、わからなくなっていました。わたしも両親も」

玉石は泰造を振り向き、唇の前に人差し指を立ててみせた。

「初菜とりえには内緒だぞ。裏でこういう駆け引きをするのはわたしの役目で、医者は何も知らなくていい。目の前の患者の治療に専念するのが、医者の仕事だ」

「わかりました」

「もう一つ。いかさま医者に騙されてしまう人を責めてはいけないよ。今の世には、治せない病があまりに多い。患者やその家族はもどかしいだろう。目の前にいる医者を信用していいのか、もっといい方法はないのかと苦しんでいる。その苦しみにも寄り添いたいものだ」

「肝に銘じます。悪いのは、そういう苦しみに付け込むやつらなんだ」

　玉石は微笑んでうなずいた。そして、お鶴に向き直った。

「さて、改めてお鶴どのにお尋ねしたい。例の医者について、覚えていることは何でも教えてほしい。些細《ささい》なことでも構わない」

　言いながら、玉石は泰造に目配せをした。泰造は急いで帳面と矢立《やたて》を取り出した。

「俺が話を書き留めます」

　筆を持つ手がかすかに震えた。落ち着け、と自分に言い聞かせる。

　玉石がこの場に泰造を伴ってきた理由がこれだった。手習いとオランダ語の師匠である登志蔵が太鼓判を押したらしい。

　泰造は筆が速くて確かな上に、耳で聞きながら瞬時に書き起こせる。あれは、大した才だぞ。

　才があるなどと、自分では思ったこともなかった。登志蔵のほうがずっと頭がいい。何でも知っていて、一つ問えば十も二十も答えてくれる。漏らさず覚えたくて、必死になって筆を動かすのだが、なかなかついていけない。

それでも、認められた。じたばた足搔いているうちに力がついてきたということだろうか。まだまだだと痛感する一方で、こうして玉石のそばで仕事を任せてもらえることが誇らしくもある。

お鶴は、はっきりとした言葉で話し始めた。

「その場所が深川であることは間違いありません。外が見えない造りの乗物で運ばれましたが、橋を渡ったとか、水辺を行っているとか、そういうことはわかりますから」

聞き書きを作りながら、泰造は確かな手応えを感じていた。

帰り際《ぎわ》である。店を後にした泰造と玉石を、おあいが追いかけてきた。

「泰造、待って！」

往来で名を呼ばれ、気まずさを嚙み締めながら足を止める。玉石がにんまり笑って、泰造の肩をとんと押した。泰造は数歩進んで玉石から離れ、おあいと向き合った。

泰造が聞き書きを作る間、おあいは客間の隅で控えていた。お鶴の具合が悪くなったら対処できるように、ということだったのだろう。おあいがこちらを見つめているのはわかっていたが、泰造は目を合わせずにいた。

何か言われるより先に、泰造は頭を下げた。

「手紙の返事、書けなくてごめん。話をしたいって言われても、何を話せばいいかわかんねえし、会いに行くとか来るとか、そういうの、わけがわかんなくて」

「うん。困らせたよね？　正直に答えてくれていいから」

泰造は、おあいの目を見ずにうなずいた。

自分を好いてくれるおなごがいると思うと、浮かれた気持ちになる。でも次の瞬間には、自分がその相手を好いているわけではないと思い出して、途方に暮れる。好いた相手は別にいると自覚しているから、後ろめたくもなる。

おあいが一生懸命に笑顔を保っているのが、目の隅に映った。

「本当は全部わかってたんだ。泰造には、想ってる相手がいるんだって。ちゃんとあきらめるよ。でも、一つだけ、お願いを聞いてもらえたら嬉しい」

「お願いって、何だ？」

「あたし、初めて手紙を書いたの。お鶴お嬢さまが友達と手紙をやり取りしてるのに憧れてたから、書いてみたかったたし、返事を受け取ってもみたかった。だから、お願い。一言でいいから、返事、ください」

わかった、と泰造は呻いた。このぐちゃぐちゃした気持ちが断ち切れるなら、手紙の返事の一つくらい、書いてみよう。

おあいはぺこりと頭を下げて、店のほうへ駆け戻っていった。

泰造はのろのろと前に向き直った。玉石は何も言わず、ただ、おもしろがるような笑みを浮かべている。泰造は顔をしかめてため息をつき、やけっぱちで訊いてみた。

「玉石さま、教えてください。男はこういうとき、どんな手紙を書いたらいいんでしょうか」

「そうだねえ。ほかの連中は教えてくれそうにもないか」

「登志蔵さんには絶対言わないでください」

承知した、と玉石は応じてくれた。顔から火を噴くような心地だ。さっさと日が落ちてくれればいいのに、と、高く澄んだ青空さえ恨めしくなった。

三

暮れ六つ（午後六時頃）、蛇杖院に役者が揃った。玉石と泰造が浅草の中西屋から帰ってくるのと時をほぼ同じくして、南町奉行所の定町廻り同心、広木が目明かしの充兵衛を連れて姿を見せた。

西棟の客間には、瑞之助と玉石、登志蔵、初菜、春彦と、草太の話を聞いて引っかかることがあると言いだした長英、広木と充兵衛が顔を揃えている。

初菜が草太の母の件を告げると、詳しい説明を受ける前に、玉石が顔をしかめて吐き捨てた。

「何と卑劣な！　お鶴はまだしも運がよかったというわけか。十五とはいえ、痩せて小柄だから、もっと幼く見える。それが幸いした」

怪訝そうな広木と充兵衛に、登志蔵が一冊の本を開いてみせた。あらかじめ書庫から取り出しておいた、オランダ語の医学書である。ご丁寧にも挿絵入りで、ヒステリーという病とその治療法の一例が記されている。文章が読めずとも、草太の母の身に起こったことが一目瞭然《いちもくりようぜん》だった。

「何だ、これは？　出来損ないの春画か？」

眉を吊り上げた広木に、登志蔵は淡々と説いた。

「女に特有の心の病、ヒステリーの治療においては、迷走しがちな子宮にじかに触れて刺激を与えるのが最も効果が高い。そんなふうに、ここに書かれている」

「聞いたことのない病だな」

「そりゃそうだろうよ。あれだけ精密な腑分けがなされるヨーロッパの医学で、なぜ子宮が迷走するというでたらめが信じられてるのか、日ノ本に生まれ育った俺にゃ理解ができねえな」

一方、玉石と泰造がお鶴から聞き取ってきたことは、かなりしっかりとした内容だった。玉石が泰造の手による書付を読み上げた。

「その治療院のありかは、深川のどこか。乗物に乗せられ、外が見えなかったため、詳しい位置はわからなかったそうだ。治療院とはいっても、もとは料理茶屋か旅籠だったとおぼしき、奇妙な造りの屋敷だそうだ」

広木が問いを挟む。

「奇妙な造りというのは？」

「いくつもの建物が回廊や階でつながっていたそうだ。隠し扉も通ったらしい。ひとけはなく、埃っぽかった。その埃がお鶴の病に障ったせいもあり、治療院まで遠出した直後から、かえって体を壊してしまった」

「すでに営まれていない料理茶屋か旅籠、か。奇妙な造りの屋敷……」

「広木どの、心当たりは？」

「俺が親父の後を継いだのは七年前だ。親父は急に逝《い》っちまったんで、引き継ぎも十分じゃなかった。おかげで、俺は七年前より古いことをちゃんとは知らない。一度持ち帰って、詳しそうな者に当たってみる」

玉石はうなずき、書付に目を落とした。

「その医者は、とむらりょうさい、と名乗ったそうだ。どのような字を書くのかは尋ねなかった。年の頃は、ぱっと見たところは二十くらいかとも思われたが、お鶴の母のお福が言うに、肌はもっと老けている感じがした。幼顔だが、二十の半ば過ぎではないか、と」

長英が身じろぎした。長椅子が軋《きし》む音を立てた。

「実の歳よりも若く見える顔立ちで、戸村、と名乗ったのか」

「やはり心当たりがあるんだね？」

瑞之助が確かめると、長英は痛みをこらえるような顔をして玉石に問うた。

「その戸村という医者は、立て襟の黒い上着を身につけていたんじゃないか？」

「ああ。お鶴は、合羽《かっぱ》のような形の黒い上着と言っていた。合羽はもともと、ポルトガルの外套を模《も》して作られたものだ。西洋風の上着というわけだね。だから蘭癖家にも好まれる。たとえば、『解体新書《かいたいしんしょ》』を編んだ杉田玄白や前野良沢《まえのりょうたく》は、立て襟の黒い上着をよく身につけていたそうだ」

初菜が、立て襟の黒い上着、と繰り返した。深川で出くわした医者もそういう出で立ちだったと、先ほど話していた。

長英が瑞之助をちらりと見やってから、観念したように言った。

「さっき草太の母親の件を聞いたとき、もしやと思った。今、戸村という名が挙がったんで確信した。杉田塾で一緒だったやつらだ。戸村は、以前は戸村五十五郎《いそごろう》と名乗っていた。俺と同じ奥州の武家の出だ。もう一人のほうは、元田杉軒《げんださんけん》」

「杉田塾というと、長英が江戸へ出てきて最初に入門した蘭学塾と言っていたよね」

「ああ。でも、田舎者で十分な謝礼も支払えない俺は、ろくに相手にされなかった。戸村も立場が似ていたから、よく話していたんだ。元田はほかの連中から爪《つま》弾《はじ》きにされていたが、戸村とは親しくしていたみたいだった」

「爪弾きというのは、なぜ？」

「単に頭が悪かったからだと思う。塾では古株のうちに入るのに、オランダ語がろくに読めていなかったし、一応は医者として開業していたはずだが、妙に暇そうだった。今、ヒステリーのいかがわしい治療に手を染めてると聞いても、何の驚きもない。元田は騙している自覚もないかもしれねえ」

登志蔵が己のこめかみを指差した。長英のそこに、まだ治りきっていない擦り傷があるのだ。

「この間の喧嘩、そいつらがごろつきをけしかけてきたって話だったっけか。雇ってやるって誘いを断ったんだろ？」

「妙に羽振りがよさそうで、腹が立った。だが、今思うと、もっと探りを入れておいたら、兄者たちの役に立てたかもしれない」

大きな背中を丸めるようにして、長英はうつむいた。瑞之助はかぶりを振った。

「長英がいかがわしい連中に巻き込まれなくて、私はほっとしているよ。もしもほかに心当たりがあるなら、小さなことでもいいから話してほしい」

長英は瑞之助にうなずき、口を開いた。

「思い出したんだ。付き人やごろつきじゃない風体の男がもう一人いた。頭巾の男だ。三十過ぎだろうって年頃で、目元に大きなほくろがあって……」

そこまで言ったところで、玉石と春彦が声を揃えた。

「勘吾か！」

たぶん、と長英が言った。先日たまたま、この西棟で勘吾と顔を合わせた。そのときには思い出せなかったが、心身ともに落ち着いてきたことで、頭の中が整理されてきたのだろう。

広木と充兵衛はその名を知らないので、怪訝そうな顔をした。

玉石に先んじて、春彦が説明した。

「楢林勘吾。長崎で稽古通詞見習いをしている男だ。私と同じく、見習いという身軽な立場を活かして、江戸にお使いに出されたようでね」

柳眉《りゅうび》をひそめた玉石がつぶやいた。

「なぜ勘吾がいかさま医者などと一緒にいた？　何事かに巻き込まれているのか？」

「姉さんは、勘吾が連中に弱みを握られているとでも言いたいの？」

「考えられることだ。勘吾はオランダ語ができる。ヨーロッパのいかさま医術をそれらしく見せかけるための本も、勘吾なら読めるんだ。気弱なあいつがみずから罪をなすとは、わたしには考えがたい」

「甘いなあ」

春彦は嘆息した。玉石は春彦を睨んだが、言葉にはしなかった。

沈黙が落ちた。しかし、それも長くは続かない。

初菜が意を決したように口を開いた。

「敵の懐へ潜り込んで探りを入れるための策があります。わたしと草太さんで決行したいと思いますので、玉石さまのお許しを得て、広木さまのお力をお借りしたいと考えています」

「どういう策だ？」

「玉石さま、中西屋のお鶴さんはご両親とともに招かれたのですよね。ほかに、瑞之助さんの患者の正吉さんのところも、家族で治療を受けに行けばよいという勧めがあったのだとか。こよみ屋の親父さんがそうおっしゃっていました」

目配せを受けて、瑞之助はうなずいた。それと同時に嫌な予感もした。

「まさか初菜さん、草太さんと親子のふりをして乗り込むつもりですか？」

「それ以外に手立てがあります？」

「相手は一応医者ですよ。仮病《けびょう》は使えないのでは？」

「いいえ、仮病であればこそ、いい鴨だと思ってくれるでしょう。医学を知らない親が、子供の仮病を見抜けずにおろおろしている。そういう親子に扮《ふん》して、敵に近づいてみるのです」

だが、いくら何でも危うすぎないか。初菜は、こうと決めたら後先考えずに突っ込んでいく。今までに幾度も命を脅かされる目に遭ってきたのに、だ。

案の定、登志蔵がすかさず異を唱えた。

「駄目だ。女の患者に何をするかわからねえ連中の根城に、母親と子供のふりをした囮《おとり》を二人で送り込めるわけがねえだろう。用心棒を兼ねた父親役がいなけりゃ、その策は認められねえ」

「では、登志蔵さんが父親役をやってください。それならいいのでしょう？」

挑みかかるように初菜が言ったが、充兵衛が止めた。

「いや、登志蔵先生じゃ駄目でさあ。顔立ちもたたずまいも派手で、どうしたって人目を惹きやす。敵も蘭方医なら、すでに知られているかもしれやせん」

瑞之助はおずおずと手を挙げた。

「では、私ではどうでしょう?」

呆れ顔の登志蔵に止められた。

「瑞之助こそ駄目だろう。その半白の髪は目立ちすぎる。お真樹や桜丸、春彦は剣の腕がからきしで、用心棒の役が務まらねえ。長英は顔が割れてるから論外だ」

初菜は提案を頭から否定され、仏頂面《ぶっちょうづら》をしている。

ところが、広木はにやりと笑った。

「俺は、初菜さんと草太坊の策がおもしろいと思う。父親役を任せられそうなやつにも心当たりがあるぜ。何しろあいつは扮装《ふんそう》ならお手の物だし、狭い屋内に適した小太刀《こだち》術も得意ときた。なあ、人選は俺に任せてくれねえか?」

初菜が玉石のほうを見やる。玉石がうなずいたので、初菜は広木に頭を下げた。

「よろしくお願いします、広木さま。心当たりのお相手は、わたしも存じている人でしょうか?」

「もちろんだ。見ず知らずの男をいきなり旦那さまと呼べ、とは言わんさ。まあ、今から知らせをやって約束を取りつけるから、ちょいと待ってな。取るものも取りあえず駆けつけてくれると思うが、今はまだ内緒ってな」

広木はいたずらっぽく笑って唇の前に人差し指を立てた。

うっすらとではあるが、皆の目に明るいものが宿っている。いかさま医者の正体がつかめてきた。敵の懐へ飛び込んで調べることができれば、一網打尽《いちもうだじん》にできるかもしれない。

四

「明日、晴れたらいいなあ」

蛇杖院に行く日の前の晩に、駒千代は必ず天に願う。

「学びってのは、部屋に閉じこもって頭に詰め込むばかりのもんじゃねえさ」

オランダ語の師匠である登志蔵はいつもそう言って、本を抱えて表に出たがる。珍しい草木の植えられた蛇杖院の庭のみならず、門の外に出て、野に咲く花を探しに行ったりもする。

駒千代にとって、草木や花の図譜がオランダ語の教本だ。たとえば、夏には見事に咲いた百合《レリー》の花を前にして、これは花びら《ブルームブラーチェ》、その数は六《ゼス》、色は白《ウイット》、これは葉《ブラッド》、形はまるで剣《サーベル》、という具合に覚えていった。まるで言葉遊びだ。

九月下旬の一日である。前日の願いが通じたのか、よく晴れていた。

昼四つ（午前十時頃）、駒千代が蛇杖院に到着すると、待ちきれない様子で泰造が飛び出してきた。

「待ってたぞ、駒千代！　さっさと行こうぜ。近頃いろいろ面倒くさくってさ、早く駒千代と出掛けたかったんだ」

出掛けるといっても、行き先は「どんぐりの稲荷」だ。木の実の好きな駒千代はともかく、泰造の気分が晴れるかどうかは定かではない。いや、行き先はどこであれ、蛇杖院から離れたいのか。

どんぐりの稲荷は本所三笠町《みかさちょう》にあって、なかなか広いらしい。瑞之助が先に立って案内してくれた。稲荷の本当の名も教えてもらったが、たちまち忘れてしまった。どんぐりの稲荷という響きがあまりに素敵なせいだ。

「いろんな種類のどんぐりの木が植えてあるんでしょう？　楽しみだな」

浮かれる駒千代に、瑞之助はくすぐったそうな笑みを向けた。登志蔵は後で合流すると言い、一人で薬箱を背負って往診に出掛けたらしい。

蛇杖院の様子が何となく慌ただしげなのは、駒千代もちらりと見ただけで気がついた。いかにも頑健そうな町人の男たちが出入りしていたのだ。

「目明かしの親分や、下っ引きの人たち？」

当てずっぽうに言ってみたら、正解だった。駒千代も以前、蛇杖院を付け狙う浪人集団の捕縛に協力したことがあるのだ。

こたびの捕物について、泰造が内緒話をするような声音《こわね》で教えてくれた。

「近頃、蘭方医術使いのいかさま野郎が深川に出没しててさ、それを定町廻り同心の広木さまが追ってたんだけど、ようやく手がかりをつかめたんだ。で、明日にも攻め込もうってことで、ばたばたしてる」

広木さまと泰造は縁がある。泰造は人買いによって江戸に連れてこられたが、その人買いを捕縛したのが広木さまだという。

町奉行所の役人は、いわば不浄役人だ。町人から賂《まいない》をもらって罪の軽重を変えてしまう、などという汚い噂が絶えない。

ところが、広木さまは変わり者で、自分が正しいと信じた道を飄々と進んでいくらしい。はぐれ者ばかりの蛇杖院のことも、おもしろがっているのだとか。

「捕物、うまくいったらいいね」

「ばっちり決めてくれるさ。何しろ、初菜さんも草太も気合いが入ってんだ。草太ってのは、こたびの捕物のきっかけになったやつでさ、まだ九つなのに、大した切れ者なんだ」

へえ、と何でもない顔でうなずいてみせながら、胸がちくりとした。泰造に手放しで誉められるなんて、草太という子がうらやましい。

先に立って歩く瑞之助が振り向いて言った。

「初菜さんもすごいよ。女の人は、鉄漿《おはぐろ》と化粧と髪型で、すっかり別人になるんだね。あれなら正体を見破られることもないだろう。探りに来たと勘づかれなければ、危険も少ないはずだ。きっとね」

きびきびと働く初菜は、ちょっと怖いくらいに厳しい人だ。その人が誰かの妻や母の出で立ちをしていると聞いても、駒千代はぴんとこなかった。

どんぐりの稲荷は、聞いていたとおり、実の生《な》る木がさまざまに茂っていた。若木も多く、手入れが行き届いている。

「すごい！　椎《しい》に橡《くぬぎ》に柏《かしわ》、楢《なら》の木も！　それに、松や杉や檜《ひのき》もあるんですね。杉や檜は松ぼっくりに似た実ができて、香りがいいんですよ。これだけ種類が揃ってるなんて、神主さんが木の実好きなのかな？」

「そうらしい。奥のほうには、食べられる茸《きのこ》が生えている古木もある」

「境内《けいだい》で茸が採れるなんて、すごいですね！」

すごい、すごいと繰り返してしまう。拙い言葉しか出てこないとは、幼い子供みたいだ。

わくわくして胸が弾んでいる。鼓動が速くなったせいで、少し息が苦しい。季節の変わり目のために、体調が万全とはいえない。半年ほど前と比べたら格段によいが、無理は禁物だ。

泰造は境内の奥のほうを指差した。

「俺、登志蔵さんから、裏白樫《うらじろがし》の葉を集めておけって言われてんだ。裏白樫の葉を乾かして茶にして飲むと、腎ノ臓や膀胱《ぼうこう》に石ができる病に効くんだって」

言うが早いか、泰造は身軽に飛んでいってしまう。

瑞之助は本殿を指差した。

「私は神主さんにあいさつをしてくるよ。どんぐりや葉を採らせてもらうことは前もって話してあるけれど、やっぱり顔を出さないとね。ついでに節々の痛みの具合を尋ねておくようにと、真樹次郎さんから言われている」

「わかりました。私は鳥居のあたりから順に、木の実を集めながら絵を描くことにします」

日当たりのよい鳥居のほうを指し示すと、瑞之助はうなずいた。長くかからずに戻るよと告げて、行ってしまう。

こぢんまりとした武家屋敷の立ち並ぶ中にある、広々とした稲荷だ。小鳥のさえずりが聞こえてくるほかは、しんとしている。手習いが引けた後の刻限になれば、近所の子供たちがここで走り回るのだろうか。

駒千代は鳥居のそばに腰を下ろし、絵を描き始めた。

静かな中で筆を走らせている。一人になれるのが心地よい。

養子縁組によって相馬家に迎えられて、三月ほどになる。新しい暮らしは、実家とは比べ物にならないほど温かくてにぎやかだ。

義父の竜之進《たつのしん》は、目付のお勤めに関することを少しずつ教えてくれている。手習いの進みが遅れている駒千代のために、細かなところまで目を配って、学びを授けてくれるのだ。

義母の和恵《かずえ》が家族の中でいちばん強いらしい、と気づき始めた。竜之進は優しくて甘い。武家の男がこんな笑顔を見せてもいいのかと驚くくらいに、和恵の前ではなごやかな顔つきになる。

許婚の喜美は世話焼きだ。駒千代が引っ込み思案なのを見越して、先回りして何でもやってくれようとする。くすぐったいが、心地よくもある。喜美が相手なら、どこまで踏み込まれてもいい。

惚《ほ》れているというのはこういうことなのかな、と思う。竜之進と和恵の間柄に何となく近い。そのことがたまらなく恥ずかしい一方で、このまま一生続いてくれたらいいとも願っている。

　ふと、筆を走らせる手元に影が落ちた。

　見上げると、頭巾をかぶった男が立っている。どこか陰のある目元に、大きな泣きぼくろ。勘吾である。

　駒千代はびっくりしたが、愛想よく、にこりとしてみせた。

「お久しぶりです。よかった。まだ江戸にいたんですね。近頃は会えていなかったし、長崎屋さんのほうでもわたりがつけられなかったから、ちょっと心配していたんですよ」

「心配してくれてありがとう。相変わらず見事な絵を描くね。この間の悩みは解決した？」

　勘吾は気弱そうに微笑んだ。

「図譜らしい絵にする秘訣ですよね。ばっちりです！　春彦さんに助言してもらったんですよ。もし長崎に行けたら、本物のヨーロッパの絵師に教わることもできるんですって。連れていってくださいって、思わず頼んでしまいました」

　勘吾があいづちを打つまでに、奇妙な間があった。

「……春彦、か。あいつの狙いも……」

ぞっとするほど低い声だった。まるで呪詛《じゅそ》のようだ、と駒千代は感じた。勘吾の顔をのぞき込む。ふと、気づいたことがある。

「あの、勘吾さん、顔色が悪いみたいですよ。頭巾を外してもらえませんか？　この頃、私も少しだけ、顔色の診方《みかた》を教わったんです。本当によくないようなら、瑞之助先生が本殿にいますから、ちゃんと診てもらいましょう」

勘吾が目尻を下げて微笑んだ。

「ありがとう。優しいんだね。私のことを気に掛けてくれる人なんて、たま姉さまくらいのものだと思っていたけれど。あなたなら、わかってくれるかな？　あなたがいれば、私は手に入れられる。長崎でもきっと取り戻せる……」

勘吾の骨張った手がゆっくりと頭巾を外した。ふわふわと波打つ後れ毛がこぼれる。柔らかそうな髪が日の光に透けている。

次の瞬間、駒千代の視界がふさがれた。頭巾をかぶせられたのだと悟ったときには、口に布を押し込まれていた。強い力で引き寄せられ、抱えられる。

驚きのあまり息が詰まり、身じろぎひとつできなかった。

五

神主との話が思いのほか長引いた。境内に出ると、裏白樫の葉をしこたま抱えた泰造が、遅れて来た登志蔵と合流したところだった。

「おお、泰造、よく集めたな。裏白樫の葉は、こんだけありゃあ十分だ。あとは、食えるどんぐりも拾わせてもらおう。駒千代が味見したがってたからな。それで、駒千代はどこだ？」

瑞之助は首をかしげた。

「鳥居のところで絵を描いているはずですが、会いませんでしたか？」

「会ってねえ」

「おかしいな。木の陰にでも入り込んでいるのかな。今日はあまり調子がよくないようだから、一人で遠くへ行ったりはしないと思うんですが」

何とはなしに嫌な予感がする。以前、駒千代と泰造が蛇杖院を飛び出し、あわやごろつきの手に囚われかけたのは、同じ本所でのことだった。あの出来事を思い出すと、背筋がぞっと冷たくなる。

泰造も顔を強張らせている。登志蔵が大声で呼ばわった。

「おい、駒千代！　どこにいるんだ！」

ざあっと風が渡っていく。おのずと早足になって鳥居のほうへ向かう。駒千代の姿はない。

泰造が神主に尋ねた。

「この社の中でいちばん珍しいのは、どの木ですか？　駒千代のやつ、珍しい草木に夢中になったら、呼んでも気づかないかもしれなくて」

登志蔵が泰造の肩をぽんと叩いた。

「よし、稲荷の中はおまえに任せた。俺はこの周辺を見てくる。瑞之助、急いで蛇杖院に戻れ。途中で駒千代を見つけたらそれでいい。もしそうでなかったら、桜丸に知らせろ」

「桜丸さんに？」

「実は今朝がた、あいつに予言されたんだ。失せ物をするかもしれない、と。一両日中にあれこれ物事が動くぞ、とも言われた。あいつの勘はとんでもなく当たる。だから、どうしようもないときは、とにかく桜丸を頼れ」

「わかりました」

「桜丸のやつ、近頃は妙に気を張ってんだ。何か無茶をしでかすんじゃねえかって、どうにも気に掛かる」

ぼそりと付け加えた後、登志蔵はかぶりを振った。行くぞ、と瑞之助に声を掛けて走りだす。瑞之助も遅れず駆けだしながら、登志蔵に告げた。

「桜丸さん、もうじき本当に起こる出来事を夢に見るそうです。その夢の内実が恐ろしいんですよ。この冬、子供たちの間で疫病が流行る。おそらく麻疹が流行る、と」

「麻疹だと？」

登志蔵の顔つきが変わるのがわかった。二十年前の流行時、生まれたばかりの妹が麻疹で命を落としたという。妹に病をうつしてしまったのは登志蔵だ。そのことでずっと登志蔵は苦しみ続けている。

「不安はいつも尽きませんね」

瑞之助がつぶやくと、登志蔵はひらりと手を振って、別の道を駆けていった。

駒千代は、目で見た情景をそのまま覚えることに長《た》けている。一度通ったところの景色も頭に入るらしく、出掛けた先で道に迷うことがない。

だから、駒千代が迷子になったとは考えにくい。来た道とは別の道を通るとも考えにくい。本所は一筋でも間違うと、不穏な場所に入り込んでしまう。それで恐ろしい目を見たことのある駒千代が、再び同じ愚を犯すはずがない。

武家屋敷の連なる通りを駆け抜け、人に出会うたびに「齢十二の、その歳にしては小柄な武家の少年を見かけなかったか」と尋ねた。誰も見ていないという。

蛇杖院に駆け込んだ瑞之助は、南棟の出入り口のところで、人待ち顔の玉石とぶつかりそうになった。

「何だ、瑞之助か。そんなに慌てて、どうした？」

「駒千代さんがいなくなったんです。蛇杖院に戻ってはいませんよね？」

「戻ってきていないよ。ところで、勘吾と会わなかったか？　もう着いていてもいいはずなんだが」

「勘吾さん？　こっちに向かってるんですか？」

玉石は沈んだ声で応えた。

「ああ。勘吾は駒千代と会いたがっていたから、今日がちょうどいいと伝えておいた。深川の件も、もしも何か関わりがあるのなら、ここで広木どのにじかに話せばいい。だから今日、勘吾を呼んだんだ」

瑞之助と玉石の会話が聞こえたのだろう。春彦が診療部屋から顔を出した。

「姉さん、どうやって勘吾とつなぎをつけているんだい？」

「どうやってって、ときどき手紙が届くから。昨日も届いたんだよ。使いの者を待たせておいて、その場で返事を書いて届けさせた。おまえは勘吾と会っていないのか？」

「つい昨日、長崎屋を訪ねてみたよ。そうしたら、勘吾はとうの昔に宿を出たというじゃないか。天文台の通詞のもとを訪ねてみても、あいつは長崎に戻ったんじゃないのか、ときた」

「何だと？　あいつは間違いなく江戸にいるぞ」

玉石は、手にしていた手紙を広げてみせた。細かな文字でびっしりと綴《つづ》られ、玉石を描いたとおぼしき絵が添えられている。

春彦が鼻白んだ顔をした。

「確かに勘吾の手紙だね。十いくつの頃から何ひとつ変わらず、いちいち姉さんの姿絵を添えてくるとは」

春彦、と玉石は咎める口調で言った。

「意地の悪い言い方はやめなさい」

「嫌だね。姉さん、そろそろはっきりさせよう。私はもう勘吾を信じることができない。勘吾は今まで幾度も、姉さんや私のものを勝手に持ち去った。それを姉さんが庇って、なかったことにしてきた」

「やめて、春彦」

「私が覚えている限りでは、最初はあいつが十の頃だ。オランダ語の事典を一冊、持ち去っていた。姉さんは、皆が勘吾を責めるのを見て、自分が勘吾に貸しただけだと言ってやった」

「……そんなの、とうに過ぎたことじゃないか」

「姉さんが勘吾を憐《あわ》れんで庇うから、なるたけ触れずにきた。でも、私はあれこれ奪われてきたんだよ。姉さんが喜ぶ長崎土産、見事に同じものだっただろう？　あいつが先回りして蛇杖院に茶を届けたと聞いたとき、私がどんな気持ちになったと思う？」

診療部屋から出てきた真樹次郎が、話に口を挟んだ。

「持ち去ったといえば、薬庫から瓶が一つ消えたよな。俺は使わん薬だったが、貴重なものだっただろう？　西洋渡りの、横文字の名のついた薬だ」

「コルチカムだ」

その名が瑞之助の口をついて出たのは、勘吾が訪れた日に話したことだったからだ。痛風《ガウト》という奇病の話だった。それを治す薬の材料として、出島で栽培されている花がコルチカムである。

玉石は唇をまっすぐに引き結んでいる。

春彦が玉石に詰め寄った。

「姉さん、気づいていたんでしょう？　勘吾がコルチカムを盗んだこと」

「証がない」

「勘吾を見つけ出そう。問い詰めて、証を挙げてやる。そうしたら、姉さんの目も醒《さ》めるだろう？　いくら目をかけてやっても、姉さんが望むとおりの道を進まない者だっているんだよ。駒千代さんの失踪だって、あいつが関わっていないとは言えない」

瑞之助は血の気が引いた。

「勘吾さんは、今日ここに駒千代さんが来ることを知っていた。待ちかまえていて、連れ去ったというんですか？」

春彦は冷たい目をして押し黙っている。

そのときだ。

汗みずくになった登志蔵が蛇杖院に飛び込んできた。

「手がかりをつかんだぞ！　頭巾を目深《まぶか》にかぶった男の子を、駕籠に乗せている男がいた。風体を聞くに、勘吾だ。駕籠は南へ走り去ったらしい」

緊張の糸が切れた。ああ、と誰からともなく嘆息する。

玉石はめまいを覚えたかのように額を押さえ、春彦に告げた。

「春彦、広木どのにわたりをつけてくれ。例の治療院、ヨーロッパの事情に詳しい何者かが関わっているのではないか、という話があった。その者の心当たりがあると伝えてくるんだ」

「わかった。やれやれ、本当に手間をかけさせる男だよな」

瑞之助は一歩、踏み込んで問うた。

「明日、例の治療院を攻めるとき、駒千代さんを捜すために私も行ってかまいませんか?」

玉石はうなずいた。

「そうしてほしい。わたしの油断のために駒千代を危険な目に遭わせてしまっているのなら、わたしは自分が赦せない」

姉さんのせいじゃないだろ、と春彦は捨《す》て台詞《ぜりふ》を吐いて、さっさと蛇杖院を後にした。

六

深川清住町にある船宿、こよみ屋は急遽《きゅうきょ》、南町《みなみまち》奉行所の出城と化した。こよみ屋を通じて例の治療院にわたりをつけ、うまくいったのだ。

明日の朝六つ(午前六時頃)より前に、治療院の乗物が初菜たちを迎えに来る。奉行所の捕り方がこれを追跡して敵の根城を暴き、隙を見て突入する手筈《てはず》である。

初菜は武家の奥方の出で立ちで、定町廻り同心の広木が目明かしや下っ引きに指図を飛ばすさまを眺めている。

息子役の草太はすでに休んでいる。単なる仮病ではやはり根拠が弱いと草太自身が言い出した。それで、毒に詳しい玉石との相談のもと、麻黄《まおう》を煎じ、毒と化さないぎりぎりの量まで飲んだ。

麻黄の作用により、草太の体には微熱と発汗、頻脈《ひんみゃく》の症状が現れている。息苦しそうにしていたが、真樹次郎と桜丸がそばについて見守ってくれている。おかしなことにはなるまい。

幾度目だかわからない舌打ちが、隣から聞こえた。思わずそちらへまなざしを向ける。

夫と目が合った。夫はしかめっ面をさらに歪めた。

「おまえがここにいても仕方ねえだろう。疲れるだけだ。先に休んでいろ」

投げ捨てるような口ぶりである。

相変わらずわかりにくい人、と初菜は思った。しかし、まわりをよく見ている。三白眼《さんぱくがん》の目元が鋭いために恐ろしげな印象があるだけで、その実、気遣いの人だ。

初菜はかぶりを振った。

「大丈夫です。そもそもわたしが言い出した策なのですから、何が起こっているのか、すべて知っておきたいんです。新たな事案が出来《しゅったい》したのでしょう？　突入の人数と目的が増えると聞きました」

「そのあたりのことは気にしなくていい。こちらの手筈は何も変わらん。おまえはただ、自分の役目に集中しろ」

「重々わかっています。振十郎さまこそ、少し休まれては？」

大沢振十郎。北町奉行所随一《ずいいち》の切れ者として名高い定町廻り同心である。歳は、男盛りの三十一。

広木の属する南町奉行所と、大沢の北町のほうは互いに反目しているとも聞く。だが、こたびの策にはすぐさま乗ってくれた。大沢の縄張りも深川なので、悪がのさばるのを放っておけないのだろう。そんなふうに初菜は解釈している。

広木が目を丸くしていた。

「振十郎、おまえ、初菜さんとずいぶん親しくなったんだな」

「なぜそういう話になる？」

「下の名で呼ばせているからさ。気難しいおまえにしちゃ珍しい」

大沢は盛大なため息をついた。

「弟の太一《たいち》が仕組んだことだ。深い意味はない」

「そうかい」

広木がにやりとする。町場で人気の伊達男《だておとこ》は、からかい好きで飄々としたところも町人風だ。初菜と大沢に対しても、たびたび冷やかしの言葉を掛けてくる。おそらく広木には悪気などないのだ。ともすれば重苦しくなりそうなのを、茶化してくれているだけ。それでも、やはりこういうのは少し居心地が悪い。

初菜は、鉄漿の漆がにおう口元を袖で隠して言った。

「わたしに失礼な振る舞いがあったら、きちんとおっしゃってくださいね。川崎《かわさき》宿から出てきて二年近くになりますが、いまだに江戸の勝手がわからないところがあるんです」

広木がからりとした笑い声を上げた。

「いや、気にしなくていい。こちらこそ、からかいが過ぎたかな。すまん」

「わたし、かわいらしい返し方などできないので、からかってもつまらないと思いますよ。そもそも、男と女が隣り合って座っているだけでおかしな噂を立てられるのは、変な話ですよね」

「まあな。初菜さんは医者として、男に交じって働くことも多い。だから、その手の噂をいちいち立てられることには呆れてしまう、といったところか」

「わたし自身、他人をそういうふうに見てしまうことはあります。それについて叱られたこともあって。ですから、なるたけ冷静に対処したいと思っているのです。振十郎さまだって冷静そのものでしょう？　見習わなくては」

大沢が咳払いをした。広木がまたにやりとする。

「初菜さん、俺とこいつは、屋敷が近所の幼馴染み同士でな。昔は顔を合わせるたびに喧嘩腰《けんかごし》でじゃれ合っていたんだが」

「うかがったことがあります」

「俺が振十郎より三つ年上だから、こいつの幼い頃のことは、こいつ以上によく覚えている。大沢家は親父さんがなかなか癖の強い人なもんで、こいつは物心つくかどうかの頃から気難しくて、いつも仏頂面なんだ。すぐ睨まれて怖いってんで、友達ができなかった」

大沢が畳を平手で打った。

「おい。余計なことを吹き込むな」

「役作りにおいては大事なことだろう？　何しろ、明日の囮役を終えるまで、初菜さんは蛇杖院の敏腕医者じゃあなく、おまえの奥方さまなんだ。しかも九つになった息子もいる。よそよそしく振る舞うわけにもいくまい。話せることは何でも話して打ち解けておけよ」

大沢は、焼き殺しそうなまなざしで広木を睨んだ。

広木が用意した偽の素性は、中之郷に住む勘定方の御家人で、姓は原田《はらだ》ということになっている。夫の名は達之丞《たつのじょう》、妻の名は里多《りた》、息子の名は剛丸《つよしまる》と、こよみ屋の宿帳に記した。

字を書くのは、かりそめの一家の中で初菜の役目だ。大沢は若い頃のけがもとで右手があまり使えず、字を書けば金釘流《かなくぎりゅう》になってしまう。かといって、左で書けば人の記憶に引っかかりやすい。

しかし、初菜は少し懸念している。

「字に自信があるわけでもないのだけれど」

読みやすいとは言われるが、実用性一点張りの字体である。武家の奥方といったら、もっと洗練されて流麗《りゅうれい》な字を書くものではないのか。

大沢は鼻を鳴らした。

「何度も言わせるな。武家の嫁と名乗っておくのがちょうどいい。小難しい医学書でも何でも読みこなしてござい、という賢《さか》しげな気配は、どうやったって隠しようがないからな」

賢しげな、との一言に刺があるように感じられた。広木がすかさず言いつくろった。

「すまんな。振十郎はこういう口の利き方しかできんのだ。十いくつのひねくれ坊主だとでも思っておいてくれ。しかしまあ、実際のところ、初菜さんは学もあれば礼儀もきちんとしているから、武家に嫁いだってやっていけるだろう。そういう話はないのか?」

「ありません。わたし、誰かと所帯を持つだなんて、今さら考えていないんです。眉を剃ったり鉄漿をつけたりするのも、きっとこれ限りですよ。だから、やってみたかったのですけれど」

ついこぼしてしまった本音は、気恥ずかしくて小声になった。

大沢が眉間《みけん》に皺《しわ》を寄せた。

「意外だな。そんな化粧じゃ老けて見えるのに、やってみたかったとは」

初菜は眉を逆立てた、つもりだが、すっかり剃ってしまっているので、どんなふうに見えるかわからない。上目遣いで大沢を見つめる。

「老けて見えるのではなく、これこそが歳相応です。わたし、二十五です。とうに行き遅れなんですから」

「そう怒るな」

「別に、怒ってはいません」

広木が笑いながら腰を浮かせた。

「ま、突入隊の段取りは俺に任せて、二人は明日に備えてゆっくりしていてくれ」

初菜と大沢に与えられた部屋は、四畳半が二つながった造りだ。こちらを大沢が、衝立《ついたて》を隔《へだ》てた向こう側を初菜が使うことになっている。

広木が部屋を出ていくと、大沢も立ち上がろうとした。

「ちょっと、俺も外に……」

思わず初菜は大沢の袖をつかまえた。

「お待ちください。あの、少しお話を。こたびもまたご迷惑をおかけして、ごめんなさい」

「ああ？　何を謝っている？」

「非番のところをお呼び立てして、南町奉行所の捕物に力を貸せだなんて、申し訳ないことをお願いしてしまって」

大沢は再び腰を下ろして嘆息した。

「まったくだ。宗三郎のやつ、無茶を言いやがる。親父か牛松《うしまつ》に見つかったら面倒なことになっていたぞ」

「牛松？」

「大沢家の嫡男《ちゃくなん》だ。俺の跡を継ぐことになっている。まだ十一だが」

「振十郎さまのお子さま、ということですか？　奥さまはいらっしゃらないとうかがっていますけれど」

もしや悲しい別れがあったのだろうかと、とっさに思った。大沢は三十一だというから、妻を娶《めと》ったことがあってもおかしくない。

大沢は面倒くさそうに言った。

「俺の子ではないし、妻を持ったこともない。そもそも俺は誰とも所帯を持ちたくねえ。子供なんてのはなおさらだ。いらねえんだよ」

「では、牛松さんというのは？」

「親父の子だ。俺より若い後妻に生ませた子で、今のところ、親父のいちばんのお気に入りだ。あと十年もしねえうちに俺は早々に隠居して、牛松に家督と同心の役目を譲る」

「腹違いの弟さんといえば、太一さんもそうですよね」

「ほかにも幾人かいる」

「難しいお家なのですね」

大沢は目を伏せた。思いがけず長いまつげが頬に影を落とす。

「がきの頃は親父が憎くて、親父の妻だ妾《めかけ》だという女たちも疎ましくて、屋敷に寄りつきたくもなかった。親父は恨みを買いやすい男だ。それで足をすくわれて隠居に追い込まれて、俺は二十六の頃から同心の勤めを担うことになった」

「それは、何といいますか……ご苦労をなさってきたのですね」

「負わなくてもいい苦労をな。大沢家は、形の上では俺が家督だが、牛耳っているのは親父だ。俺には妻どころか、許婚すらいたこともねえのに、俺の跡取りはすでにいる。俺の隠し子だと勘繰る連中も少なくねえ。気色悪い話だが、当然だな。牛松はそういう年頃だ。まさか腹違いの弟だとは思うまいよ」

広木がからかうように、大沢は十いくつかのひねくれ坊主だと言っていた。初菜の目にもそう見える。女にだらしない父を憎む反動で、妻も子もいらぬと突っぱねる。大人になりきれない潔癖《けっぺき》な少年のまま、大沢は生きているのだ。

「ごめんなさい」

「は？　またぞろ、なぜおまえが謝るんだ？」

「だって、振十郎さまは、男女が夫婦になるということそのものに嫌悪《けんお》を抱いておいでなのでしょう？　それだというのに、わたし、振十郎さまに夫の役、父親の役を押しつけてしまいました」

大沢が切れ長な目を見張っている。腹違いの弟である太一も、その鋭利な印象の目元や細面の顔立ちがよく似通っている。父方の血ということだろう。大沢にとって疎ましいもの、そのものかもしれない。

初菜を見つめていた大沢が、ぷいとそっぽを向いた。

「確かに、俺は今、動揺しているのかもしれん。こんなくだらねえ話を人に打ち明けたのは初めてだ。扮装も潜入も慣れているんだがな。今まで扮した何者よりもありふれているはずの役に、どうにも入り込めずにいる」

「夫や父親の役、ということですよね」

「宗三郎や充兵衛から、間合いがよそよそしくて夫婦に見えんと言われた。じゃあ、どうしろというんだ」

「わたしも、母が早くに亡くなったので、夫婦者の間合いというのがよくわからないのです。隣り合って座るとか、寄り添ってみればよいのでしょうか？　今、その稽古をしてみます？」

初菜が腰を浮かせると、大沢が後ずさった。

「馬鹿、商売女のようなことをするな。武家の嫁なんだ。人前でいちゃいちゃと夫にまとわりつかんでいい。それに、おまえは男嫌いだろう？　こうして男と二人で部屋に押し込まれるのも気分が悪いんじゃないか？」

「相手によります。わたし、相手がほかの誰でもなく大沢さまでよかったと思っているんです」

「……本気で言ってるのか？」

「もちろんです。大沢さまには幾度も救っていただいていますから」

初菜は女の身でありながら医者を生業《なりわい》とし、お産にまつわる医術を修めている。男ばかりの医者の中に踏み込んで、産婆とは異なる道を進む者。産科の女医者というのは、いわば二重の意味で世のあり方に逆らっている。敵意を向けられやすいのも道理だと、我ながらわかっている。

敵のただ中に立たされていると感じ、孤独に震え上がった日があった。どこからともなく悪意のつぶてをぶつけられ、命の危機を感じた日もあった。

そんなとき、大沢が助けてくれたのだ。面倒くさそうな顔で、またおまえか、などと憎まれ口を叩きながら。

何とはなしに、己の髪を撫でる。もともと飾り気があるほうではないが、今日はひときわ地味に形づくった丸髷《まるまげ》である。

指先に、南天《なんてん》の枝を模した銀細工の簪が触れた。

難を転ずるという語呂合わせの南天は縁起物である。珊瑚《さんご》の粒で南天の赤い実を模したこの簪は、初菜のお守りだ。

大沢は、あぐらの膝の上に肘を立てて頰杖《ほおづえ》をつき、そっぽを向いている。武士らしからぬ行儀の悪い格好だ。十いくつかのひねくれ坊主、という言葉がまた初菜の脳裏に浮かんだ。

「明日は振十郎さまのことを、旦那さま、とお呼びしていいのですよね？」

「まあ、そうだな」

「でしたら、なるたけたくさんお呼びかけするようにしますね。そうしたら、夫婦らしさというものも少しは出てくるのではないかと思うんです」

大沢は眉間に皺を寄せている。初菜の案に合点がいかないのだろうか。

初菜は気恥ずかしさをこらえて、大沢の前で三つ指をついて微笑んでみせた。

「旦那さま、明日は早うございます。わたしは先に、隣の部屋で休ませていただきますね」

行灯《あんどん》の明かりのもとで、大沢はしかめっ面を崩さない。形のよい横顔をこちらに向けたまま、投げ捨てるように言った。

「俺のほうは、おまえのことを名で呼んだりはせんぞ」

「はい、旦那さま。武家の殿方においては、そういうものなのでしょう？」

大沢が舌打ちするのが聞こえた。照れくさいのはおあいこだ、と思っておく。

七

駒千代は、なるたけ冷静な調子で言った。

「勘吾さん、やっぱり私はこの部屋から出してはもらえないんですね？」

格子《こうし》越しに見やる。勘吾は廊下からこちらを見ている。その後ろには窓があり、庭を挟んだ向かい側の建物に明かりがついているのが見える。

駒千代にと与えられた部屋は、屋内外に通じる障子の代わりに、格子が設けられている。出入り口に鍵はかかっているものの、座敷牢《ろう》と呼ぶには華奢な格子だ。

吉原《よしわら》の店先の格子を模しているのだと聞いて、なるほどと思った。ここが料理茶屋として営まれていた頃には、芸者や酌婦をこの格子の部屋に入れる趣向に人気があったらしい。尋ねてもいないのに、勘吾がそんな説明をしてくれた。

勘吾は寂しげな顔でそっと笑った。

「申し訳ないことをしていると思っているよ。陵斎さんはまだあなたの真価を知らないだけなんだ。だから、閉じ込めておけなんて言う。私はあなたを助けたい。でも、その力がないんだ。ごめんよ」

やっぱり歪んでいる、と駒千代は思った。

駒千代の目を頭巾でふさぎ、口に猿轡《さるぐつわ》を嚙ませて駕籠に押し込んだのは、ほかならぬ勘吾である。外が見えない駕籠で揺られ始めたときは、恐怖で頭が真っ白になった。

だが、次第に訝しくなった。駕籠の隣を歩く勘吾が、いかにも親しげに、むずかる子供をあやすかのような口ぶりで駒千代に語りかけ続けるせいだった。

「わがままを言わずに力を貸しておくれ。持てる者は、そうでない者に与えるべきだと思うんだ。私にはあなたほどの絵を描く力がない。あなたはまだ子供だが、私はあなたを尊敬しているんだよ」

こんな言い方では、まるで駒千代が絵の才を鼻にかけて勘吾を困らせたかのようだ。勘吾のどことなく寂しげな風貌は、同情や哀れみを誘う。だから駒千代も、一生懸命に勘吾をなぐさめたりなどしてきた。

だが、何だか妙だ。この人はどこかずれている。埃っぽく古びた建物の中で、相手の出方もわからない。夜も更《ふ》けた。

違和の思いが駒千代の胸をざわめかせている。

与えられた食事は、西日の差し込む刻限に一度。思いのほかちゃんとしたお膳だった。だが、厠《かわや》には行かせてもらえない。差し入れられた尿瓶《しびん》で用を足した。見張りもつけられていないから、恥ずかしくはなかったが。

落ち着け、と己に言い聞かせる。不安になってはならない。やけを起こして暴れてもいけない。喘病の発作が出たら、動けなくなる。それがいちばんまずい。

日が落ちる前に一度、格子の中から出され、最奥の建物まで連れていかれた。

この屋敷はおかしな造りだ。いくつもの建物が回廊や渡り廊下、隠し通路や隠し扉によってつながっている。

最奥の建物は、なまこ壁の重厚な造りだった。まるで蔵のように見えたが、中には人がいた。陵斎と呼ばれる医者だ。小太りの丸顔のため、どこか子供っぽく見えた。

陵斎は勘吾に対して、何となく冷たかった。勘吾のほうを見ない。勘吾が言葉を尽くして、駒千代がいかにうまい絵を描くかを説いている間、そっけない顔で、革の装丁の本に目を落としていた。読んでいたのかどうかはわからない。

陵斎の部屋は、西洋風にしつらえられていた。板張りの床には絨毯が敷かれ、長椅子が置かれていた。だが、玉石の住まいほどには徹底されておらず、何となく安っぽかった。

陵斎の部屋の奥にも、もう一つ部屋があるようだった。そこにも人の気配があった。おそらく病者だ。部屋から出られない人のにおいがした。駒千代自身、ずっと部屋にこもって生きてきたから、あのにおいには覚えがある。

結局のところ、陵斎は最後まで勘吾のほうを見なかった。

「その子供、あんたが面倒を見るんだな。この治療院から逃がすなよ。格子の部屋に入れておけ」

それが駒千代に関する指図だった。陵斎は勘吾への興味を示さないのと同様に、駒千代にも関心が起こらないらしかった。

勘吾は、今の今まで駒千代の絵の腕前を誉めそやし、仲間として働かせるとか何とか語っていたのに、いきなり言を翻した。

「わ、わかったよ、陵斎さん。子供は何をしでかすかわからないからね。きちんと閉じ込めておく」

つかみどころがない。気味が悪いと思った。

ここにいるのが泰造だったら、すぐさま反発して暴れだしただろうな。親友の姿を思い描いてみながら、駒千代は自分を落ち着かせた。

いや、きっと大丈夫。私にもできることはある。

勘吾をはじめ、この屋敷の連中は、駒千代を子供だと思って油断している。隙を突けば、切り抜けられるはずだ。

だったら、中途半端に逃げだそうとするより、こいつらのことをしっかり探るべきではないのか。

今に見ていろよ、と駒千代は胸に念じた。なすべきことがあると思えば、部屋の隅の暗がりなど、少しも怖くなかった。

「ねえ、勘吾さん」

「何かな？　ずいぶん遅くなったけれど、夕餉はもうじき運んでくるよ」

「ありがとう。ほかに、紙もほしいな。ここには行灯もある。昼間に集めたどんぐりの絵を、まだ描いていなくて。時が経つと、中の実がしぼんでくるのを知ってる？　色も変わってしまうから、なるたけ早く描きたいんだ」

勘吾が虚言ばかり吐くのだから、駒千代も真実を告げなくていいだろう。

この建物の中で見聞きしたものをすべて描き出してやる、と決めた。勘吾を絶望させた絵の腕で、もう一度、ぎゃふんと言わせてやる。

勘吾はおずおずと微笑んだ。

「紙があればいいんだね。墨や筆は？」

「使い慣れたものがここにあるから大丈夫です」

勘吾が行ってしまうのを見届けて、駒千代は懐から帳面と矢立を出した。

先ほど見覚えた陵斎の顔を紙の上に描き出していく。陵斎と勘吾の顔を描き終えたら、この屋敷の見取り図を描くのだ。

「今に見てろよ。全部、暴いてやる」

八

明け六つ（午前六時頃）より前に、しっかりとした造りの乗物が三つ、こよみ屋の前につけられた。乗物にも、その傍らに立つ小者の提灯にも、紋は入っていない。

すでに支度を調えていた初菜と大沢、草太の三人が乗物に近づいていく。小者は提灯を掲げ、まず草太、続いて初菜、最後に大沢をそれぞれ別の乗物に導いた。乗物は戸を閉ざされ、外から簡易な鍵までかけられた。

まだ明けやらぬ中、瑞之助はこよみ屋の二階の窓からそっと見下ろしていた。

「どうぞご無事で。必ず救いに向かいますから」

従者が歩きだす。乗物を担ぐ人足は、息さえひそめているかのように、声も掛け合わずに動きだした。ひっそりと去っていくその後ろ姿を、豆腐の振り売りに扮した充兵衛が追いかける。

充兵衛の姿を目印に、広木が手下とともにさらに追いかける。瑞之助の出番は、敵の根城の場所が割れてからだ。

昨夜は一睡もできなかった。

相馬家への手紙を泰造に託して麴町まで走ってもらい、駒千代の失踪を知らせた。姉も姪も血相を変えていたと、戻ってきた泰造から聞かされた。申し訳なさでいっぱいになる。

一方、義兄は冷静だったそうだ。数年内に長崎へ赴く見込みのお役目柄、蘭学絡みの噂話はすぐ耳に入ってくる。駒千代の知人にわたりをつけるべく長崎屋を訪ねたが、その相手が不在であったことも、むろん覚えていた。不穏なものを感じ取っていたらしい。

一日で片がつかない場合はこちらで動きを起こす、と義兄は書き送ってきた。本当はすぐにも動けるのだ。それを待ってくれるのは、今日のところは奉行所の顔を立てるという意味だろう。

横になっていた長英がのそりと身じろぎした。うっすらと目を開く。

「起きたか？」

瑞之助がささやきかけると、長英は勢いよく跳ね起きた。体にかけてやっていた羽織が畳に落ちる。瑞之助のものだ。

「俺、いつの間に眠っていたんだ？」

「疲れていたんだろう。休めるときに休むのが正解だ。普段なら、もう少し横になっていてもいいのだけれど」

「兄者は?」

「眠れなかった。私はどうも気が細かくていけないね。草太さんたちは、迎えの乗物で先方に向かったよ」

長英は、次第に明るんできた外へ目を向けた。

「もしも敵の正体が本当にかつての友、戸村五十五郎だったら、俺はどうすればいい?」

「なぜこんなことをしているのか、と問うてみてほしい」

「答えを聞いたら、かっとなって斬りかかるかもしれねえ」

「それはいけないな。奉行所も困るだろう。捕物のときに相手を討っていいのは、にっちもさっちもいかないほどの命の危機が迫ったときだけだよ」

そうだそうだ、と軽妙な台詞が聞こえた。振り向けば、開け放った障子のところに登志蔵が立っている。襷《たすき》をかけて袖をまとめ、足下は脚絆《きゃはん》で固めている。動きやすい出で立ちだ。

「義に反する者は斬らねばならぬ、なんて考えるなよ。おまえと同じ、武家生まれの医者である俺からの忠告だ。医者はな、治したいし生かしたいんだよ。それはもう本能みたいなもんだ。なのに人を斬っちまったら、心が死んじまうぞ」

「剣豪のあんたでも、そういうものなのか」

「ああ。憎くてたまらねえ相手、友の仇《あだ》と呼べる相手でも、どうしても刀を振るえなかった。斬ったら最後、医者に戻れねえとも感じた」

長英は眉間に皺を刻んでいたが、根負けしたように登志蔵から目をそらした。

「顔を洗ってくる」

「おう、しっかり洗って目を覚ませ。瑞之助もだ。腹ごしらえをして待つぞ。朝五つ（午前八時頃）までに、大沢の旦那がどうにかして中の様子を知らせてくれる手筈だ。どうにもならず音沙汰がなくとも、五つ半（午前九時頃）には突入する」

登志蔵の勧めに従って、瑞之助は裏に向かった。厠に行き、井戸で顔を洗う。こよみ屋の裏は大川の土手に面している。正吉とともに、舟に寝転がって花火を見た。あれから一か月半ほど経っている。

昨晩、近くまで来たついでに、正吉の顔を見に行った。正吉は眠っていた。このまま透き通るように儚《はかな》くなるのだと、何とはなしに察してしまった。

こういうとき、我が子の寝顔を見守るばかりの両親に、どんな言葉を掛ければよいのだろうか。答えのない問いを、己の中で繰り返していた。おかげで眠れなかった。

おそよさん、と声に出さずに呼びかける。しっとりとした風が瑞之助の頰を撫でていく。

神仏への祈り方を、私はよく知らない。けれど、人の力の及ばないことが、世の中にはあまりに多い。どうかうまくいきますように。その祈りを、先に逝《い》った人が聞き届けてくれるのなら……。

「兄者、何してる？」

長英が顔じゅう濡《ぬ》らしたままで立っている。瑞之助はくすりと笑い、手ぬぐいを差し出した。

「ほら、拭いて。襟元まで水がしたたっているよ。体を冷やすものではないだろう？」

長英は礼を言って手ぬぐいを受け取り、素直に顔を拭いた。

すでに朝餉の支度ができているようだ。味噌汁の匂いが鼻をくすぐっている。

草太の付き添いをするという夜通しの仕事から解放された真樹次郎が、登志蔵を相手に愚痴《ぐち》を言うのが聞こえてきた。

朝五つ。

あらかじめ取り決めていたとおり、先陣の一人が駆け戻ってきた。

大沢がみずから外に出てきて、中の様子を知らせたという。駒千代とも一度は顔を合わせ、無事を確認した。初菜は草太とともにいる。敵は少数につき増援は不要。瑞之助と登志蔵と長英、広木と大沢、および捕り方五名で敵の根城に押し入る。

登志蔵が瑞之助と長英に告げた。

「さあ、打って出るぞ！」

瑞之助は、傍らに置いた愛刀を手に取った。鞘には菊の象嵌《ぞうがん》が施され、鍔《つば》は梅の透かし彫りになっている。力強い大鋒《おおきつさき》の刀身に、華やかで軽やかな重花丁子《じゅうかちょうじ》乱《みだ》れの刃文を持つ名刀だ。

愛刀の出番がないことを祈っている。だが一方で、守らねばならないものがあるうえは、すでに覚悟を決めている。脇差とともに、愛刀を腰に差す。ずしりとした重みが心地よい。長英もすでに二刀を腰に帯びている。

「では、いざ」

つぶやいて、案内人の後について駆けだした。

大横川に面した深川海辺大工町の蕎麦屋《そばや》、おうぎ屋が、捕り方たちの詰所となっていた。今朝がたようやく場所が判明した例の治療院とは目と鼻の先である。あらかじめ見当をつけておいたうちの一つが、おうぎ屋の親父から「どうも怪しい」と知らせがあったその場所だった。親父の勘は確かだったのだ。

合流した途端、大沢は噛みつきそうな剣幕《けんまく》で瑞之助たちに怒鳴った。

「遅え！　さっさと押し込むぞ！」

広木が横やりを入れた。

「落ち着け。押し込むって何だ。強盗じゃあるまいし」

「人質を中に置いたままだ。できる限り急ぐべきだろう」

大沢は屋根伝いに脱出し、最後は跳び下りたという。そうでもしなければ、込み入った屋敷のどこに自分がいるのかわからなくなる。仕掛けを逐一解きながら進んでは、時がかかりすぎる。だから強引に突破してきたのだ。

「お鶴さんの話にあったとおり、変わった造りの屋敷だったんですね」

瑞之助の言葉にうなずいて、広木が数枚の紙を取り出した。

「駒千代という子が描いたらしい。自分が通ったところや目に入った範囲の見取り図と、首領の顔だ」

見取り図も似顔絵も、殴り書きのような粗さではあるが、十分に要点を押さえている。

「駒千代さんは無事で、縛られてもいないということですよね？」

瑞之助が問うと、大沢は荒々しい口ぶりで答えた。

「安っぽい格子の据えつけられた部屋に閉じ込められちゃいたがな。あの格子なら、すぐに壊せる。それより宗三郎、切絵図との照らし合わせは？」

「切絵図が使い物にならんことがわかった。この海辺大工町は境界が入り組んでるんで、把握しづらいのは確かなんだが。奉行所の切絵図のほうでは、ここいら一帯に裏店《うらだな》や長屋が建っていることになっているが、すべて嘘っぱちだ。このへんの土地も建物もこの男の持ち物で、長屋の住人なんかいないんだとさ」

広木は切絵図の一点を指差した。一軒の仕舞屋である。商家の立ち並ぶ表通りにあるが、店を営んでいない。それが仕舞屋である。仕舞屋の主の名が切絵図に記されている。

「唐栗屋八郎兵衛。八年ほど前まで、この仕舞屋で料理茶屋を営んでいた男だそうだ。おうぎ屋の親父の話じゃ、ここ数年、姿を見ていないらしい。もともと病を抱えていたから、死んじまったんじゃないかって噂もある」

広木は一息入れて、見取り図を指差しながら続けた。

「八郎兵衛はこの一帯と亀戸《かめいど》に土地を持つ地主だ。働かずとも食っていけるが、道楽で料理茶屋を営んでいた。唐栗屋は、表向きは小さな茶屋なんだが、それにしちゃ客が多く、しかも金持ちばかりだった。仕立てのいい乗物がたびたび訪れていたらしいんだ」

「では、奇妙な形につながった屋敷は、当時からのものということでしょうか」

「おそらくな。変わった造りの料理茶屋、仕掛けのある店ってんで、ひそかな人気があったそうだ。客に博打《ばくち》をさせたり女をあてがったりというのはやっていなかったようだが」

大沢が割り込み、吐き捨てるように言った。

「だが、密談はおこなわれていた。俺の親父が昔、海辺のからくり茶屋がどうこうと話していた。ここのことに違いねえ。あの親父が足を運んでたんだ。博打でないにせよ、いかがわしい目的で使われていたに決まってる」

「振十郎、手前の親父のことをそんなふうにこき下ろすなよ」

「お説教は聞きたくねえ。何にせよ、昔の話なんざ、今はどうでもいい。問題は、中のからくりだ。朝、乗物から降ろされたのは、仕舞屋よりも奥だった。駒千代も同じだったんだろう。仕舞屋の裏側は見取り図に描かれているが、表がどうなっているのかはわからん」

大沢は、広木が持ってきた切絵図のほうを指差した。仕舞屋の裏手に回り込む路地は、頑丈そうな木戸でふさがれている。そこが「開かずの木戸」であるのは昔からだそうだ。おうぎ屋の親父が知っていた。

登志蔵は仕舞屋を指し示した。

「だったら、やっぱり正面から攻め込むのが手っ取り早い。奥につながる隠し扉があるんだろうよ」

それで筋道が定まった。

十手を抜いた広木を先頭に、一行は仕舞屋を目指した。仕事に向かう職人らが何事かと目を見張る中、広木が声を張り上げる。

「御用の筋だ！　中を検《あらた》めさせてもらう！」

充兵衛がどんどんと戸を叩くと、三十路《みそじ》ほどの婀娜っぽい女が出てきた。しどけない寝起き姿である。

「何だい、急に」

「八郎兵衛の娘、おさねだな？　ちょいと小耳に挟んだが、いかさま医者がここで妙な商売をしてるそうじゃねえか。調べさせてもらうぞ」

言いながら、すでに広木は女を押しのけ、中に入っている。

「ちょっと、何を勝手に！」

「茶屋だった頃のしつらえのままだな。その小上がりがあんたの寝床かい？」

「そうさ。見てのとおり、二階もなけりゃ奥行きもない、ちっぽけな造りの仕舞屋さ。ねえ、いい加減にしとくれよ。一人暮らしの女の家ん中をじろじろ見るなんて、気色悪いったらありゃしない!」

金に困ってはいないのだろう。寝床があるとおぼしき一角は上等な衝立に囲まれ、衣紋《えもん》かけがいくつも立っている。衣紋かけはもちろん、衝立にも着物が乱雑に引っかけてあるが、金襴緞子《きんらんどんす》というものだろうか。いかにも高そうだ。

小物の類も畳の上に投げ出されている。壁には漆塗りに螺鈿《らでん》細工の箪笥や長持が置かれ、あるいは棚が造りつけられている。ずいぶんと物持ちなのだ。

ふと、瑞之助は違和を覚えた。小上がりの奥の壁を指差す。

「あの棚、動くんじゃないでしょうか?」

派手なものでいっぱいの部屋の中、その棚だけは素朴な板目が剝き出しになっている。置かれているのは陶製の酒器で、これまた素朴な代物だ。女の好みとは思われない。畳の上は、その棚のあたりだけ、妙にすっきり片づいている。

大沢が小上がりに跳び乗り、棚のそばに膝をついて畳をひと撫でした。

「当たりだ。丸く擦れた痕がある」

確信を込めた手つきで棚の右端を押す。中央を軸に棚がくるりと返って、向こう側へ通じる廊下が現れた。

いきなり、耳をつんざく笛の音がした。女が小さな笛を吹いたのだ。紐《ひも》をつけて首にかけていたらしい。すかさず下っ引きが笛を奪い、後ろ手にして縛り上げ、猿轡を噛ませる。

広木が声を上げた。

「仲間への合図か。突入を知らされちまったんじゃ、時との戦いだな。逃がすものか。悪党は全員ひっ捕らえるぞ！」

先頭の大沢はすでに廊下へ踏み込んでいる。俊足の登志蔵が続く。広木とその手下が後を追い、殿を瑞之助と長英が務める。

廊下は、板塀越しにぴたりと隣り合った裏店に通じていた。裏店を抜けると、狭苦しい庭に出た。張り出した軒下に、造りのしっかりした乗物が四台並んでいる。回廊が左右に延びている。庭の飛び石を伝った先にも渡り廊下が見える。

大沢が言った。

「乗物から降ろされたのがここだ。俺は左へ行く。この先の裏店の中二階に初菜たちがいる」

言うが早いか、飛び出していく。広木の指示を受け、充兵衛と若いのがもう一人、大沢に続く。

登志蔵が振り向いた。

「瑞之助と長英、右の回廊を進め。駒千代が閉じ込められた部屋は右だ」

はい、と応じたものの、次の瞬間、思わず足が止まる。

井戸から男が出てきたのだ。一人ではない。揃いのお仕着せをまとった屈強な男が六人、長ドスを手に、次々と井戸から地上へ姿を現す。

涸《か》れ井戸を利用して地下に部屋を作り、用心棒を隠していたのだろう。今朝、乗物を担いでいた者たちかもしれない。

長英が一人を指差した。

「この間、俺を殴りやがったやつが交じってるな。痛い目を見せてやったつもりだが、懲りてねえのか」

指差された男がたじろぐのがわかった。

広木が刀を抜きながら、明るい響きで言った。

「ここは俺が引き受けよう。わざわざ立ちふさがってくれたからには、その奥の渡り廊下が怪しいな」

「それじゃあ、俺もご助勢つかまつる!」

登志蔵が古風な台詞を軽やかに言い放ち、武骨な愛刀、同田貫《どうだぬき》を抜いて庭に降り立った。

瑞之助は長英に目配せし、右の回廊をぱっと駆けだした。長英も遅れずついてくる。あっ、と用心棒が声を上げるが、よそ見をしたその瞬間、登志蔵に当て身を食らわされて吹っ飛んだ。

蹴破るような勢いで、染みの浮き出た襖《ふすま》を開ける。床の間に違い棚を配した、書院造りの部屋だ。向こう側の襖を開けて通り抜けると、また別の建物につながっている。

駒千代が描いた見取り図は頭に入っている。突き当たりに至るたびに押し入れや納戸を開けると、隠し階段が現れる。その上り下りを繰り返して進んだ先、二階の隅に、格子の設けられたあの部屋があるはずだ。

九

草太はぐったりと眠っている。初菜は手ぬぐいで首筋や額の汗を拭ってやることしかできない。

最上の名医などと名乗った戸村陵斎とその相方、元田杉軒が一応、診察のようなことをした。否、しようとしたのを、草太が筋書きのとおり、全力で拒んだ。手に負えたものではない、と陵斎も杉軒も早々に匙を投げた。こんな野犬のような子供では、ご両親も心労が絶えんだろうな。哀れなことだ。そう嘆いてみせて、薬の代わりに、横顔模様の小銭をもったいぶって置いていった。

大沢はその後、部屋の外につけられていた見張り番を手際よく昏倒《こんとう》させ、着物の下に隠し持っていた縄で縛って納戸に押し込んだ。この奇妙な形の屋敷を探索してから脱出し、朝五つ過ぎに捕り方を連れて戻ってくる手筈だ。

ふと、部屋の外から声がした。

「原田どの、ちょっとよろしいか？　奥方に話があるのだが」

杉軒の声だ。

初菜は首筋の産毛《うぶげ》が逆立った。草太の母に無体な真似をした、あのいかさま医者が、初菜を訪ねてきたのだ。

むろん、夫が一緒にいるのをわかった上で、それでも押しきれると踏んだのだろう。大沢は極めて気弱な人物を演じていた。もともと細身なので、猫背でうつむきがちにすると、武士とは思われないほど貧相な体格に見えたはずだ。

初菜は草太の傍らを離れ、障子を細く開けた。禿頭の杉軒の脂ぎった顔がすぐそこにあった。

「どういったご用でございましょう？」

「うむ、奥方よ。確か、里多どのとおっしゃるのだったかな？」

偽名である。昔お世話になった人の名を借りた。

「ええ、里多と申しますが」

「里多どのの顔色が気になったもので、治療にまいった。ご子息は眠っているようだな。おや、夫君はおらなんだか？」

「厠へ行っております。部屋の外に控えていた者を案内に立たせました」

あらかじめ用意しておいた嘘を告げると、杉軒はあっさりと信じたらしい。にんまりと笑った。

「夫君がおらぬのなら都合がよい。聞かれる恐れがあっては、儂の問いにも答えにくいであろうからな。儂が見たところ、里多どの、あなたは病を抱えておる。和語には訳されておらぬ病で、ヒステリーというのだ」

顔が引きつるのを感じ、初菜はうつむいた。つい歪んでしまう口元を袖で隠す。

不意に、どこかで遠くで甲高い音がした。笛の音だろうか。

杉軒もわずかにその音に気を取られたようだ。が、すぐさまこちらに関心を戻した。舐《な》めるようなまなざしを感じる。と思うと、杉軒はいきなり障子を開け、部屋に侵入してきながら初菜の肩に手をのせた。

「顔色を見せてもらわねば困るぞ。病の重さがいかほどか確かめねば」

「お、おやめください。わたしは息子のためにこちらへまいったのです。わたしの顔色など、どうでもいいでしょう？」

初菜は後ずさって杉軒から離れようとするが、下がったぶんだけ杉軒が迫ってくる。顔を上げて睨みつけても、杉軒はにやにやと笑っているだけだ。

「そう驚かずともよい。儂はかの高名な蘭方医、杉田玄白先生の跡を継がれた伯《はく》元《げん》先生のもとで学んでおったのだ。杉田塾では、日ノ本全土から訪れた高名で優秀な医者が教えを受けておった。儂はな、自分で言うのもおかしな話だが、中でも指折りの慧眼《けいがん》の持ち主なのだ」

「慧眼ですって？」

「さよう。杉田塾の門下生は『解体新書』をはじめとする蘭学の書物、オランダ語の医書にも親しんでおったが、誰ひとりとして真価を見出せずにおった素晴らしい本を、儂が見出した。西洋の神秘の医術が余さず載っておる一冊だ」

これだ、と懐から取り出してみせたのは、革の装丁を施された本である。さほど厚くはなく、くたびれた印象のものだ。西洋渡りの本に違いないが、ざっと中身を繰ってみせるのを見て、初菜は眉をひそめた。

「手書き？」

「そうじゃ。もとは別の言葉で書かれておったのを、オランダ語で筆写したという。ほれ、ここに載っておるのが、聖なる手で撫でることで病を治すやり方だ。こちらには、びぃどろの瓶の中で赤子を造り出す手法が記されておる。そしてこれが、不老長寿の妙薬エリキサの作り方だ」

玉石から以前、聞かされたことがある。西洋の医術や舎密学はかつて、いかがわしい呪術と渾然一体《こんぜんいったい》だったという。その頃のまやかしのような治療術の中には、今でも定着しているものがあるらしい。日ノ本の医術だって大差ない。初菜がもっぱらとする産科では、誤った習わしとの闘《たたか》いが絶えない。

杉軒を赦してはおけない、と初菜は思った。医者であることが露見しないよう、おとなしくしておくのが役目だった。だが、こうして正面から突きつけられては、闘う以外の道はない。

「それで、ヒステリーとやらもその本に載っている、ということでしょうか？」

「ああ。載っておる。女体とは不完全なもので、体液を垂れ流す穴だらけ、欠陥のある造りになっておる。中でも最も厄介なものが子宮でな、ふわふわと体内をさまよっては、病を引き起こすのだ。子宮を落ち着かせるためには、じかに刺激を与えてやるのがよい。つまり、夜のほうをだな、満足におこなうのだよ」

「……夜のほう、と、おっしゃいますと？」

「里多どの、正直に申《まじ》されよ。夫君との交わりに物足りなさを感じておるのではないか？　いや、貞淑《ていしゅく》な妻たるもの、夫君のほかには男を知らぬのも無理はない。だが、一度味わってみるがよいぞ。この治療、試してみたくはないか？」

迫ってくる杉軒を前に、初菜の覚悟は定まっていた。帯の内側に隠していた懐刀を抜き、切っ先を自分の喉に突きつける。我ながら驚くほどの手早さだった。

「近寄らないで！　あなたのような不潔な男にこの身を委ねるくらいなら、ここで自害いたします」

「な、何をそんな大げさな。そう騒ぐことではないぞ。これは治療なのだ」

「そんなふざけた治療があるもんですか！　杉田塾のかたがたが見向きもしなかったのには、相応のわけがあるはずです。あなたも本当はわかっているのでは？　そこに書かれているのはいかさまばかりである、と」

「いかさまなものか！　わ、儂は、確かにこの本に書かれたやり方で、幾人もの患者を治してきたのだ。女の病は、さまよう子宮のせいで引き起こされる。里多どの、こたびは特別に治療費を払わずともよい。ほら、その刃物を置いて、帯を解きなさい。な、すぐに心地よくなる」

猫撫《ねこな》で声《ごえ》とともに、懲《こ》りもせずに迫ってくる。何たる恥知らずだろうか。ぎらぎらと欲のみなぎったその目には、初菜が手にした短刀が玩具《おもちゃ》にでも見えているのか。

この短刀は大沢のものだ。使い込まれ、漆塗りの 拵《こしらえ》 には細かな傷があちこちに入っている。ほっそりとした造りで、柄も細く、女の手に馴染むはずだからと置いていってくれた。

小太刀術の手練《てだ》れが力を貸してくれている。そう思うと、初菜の胸にふつふつと熱いものが沸き立った。

舐められたままで終わってたまるか。

「近寄るでない！　わたしが黙って言いなりになると思ったら大間違いです！　下がりなさい！」

切っ先を杉軒のほうへ向ける。片膝を立て、いつでも飛び出せるよう身構えた。裾が割れて肌がのぞく。この期に及んで杉軒の目が初菜の脚を見るのがわかった。

なるほど、女の肌に見惚《みほ》れて隙をつくる阿呆なら、お望みどおりこの脚を大いにさらしてその顔を蹴り飛ばし、踏みつけて喉笛を掻き切ってやろうか。

転瞬。

ダダッと速く力強い足音がしたと思うと、剣光が閃《ひらめ》いた。大沢である。左手に構えた脇差が稲妻のように、杉軒の首筋に落ちた。

「がッ！」

杉軒が白目を剝《む》いて脱力する。こちらに倒れかかってくるのを、大沢が横ざまに蹴り飛ばした。

「遅くなってすまん。おまえに守り刀を抜かせるつもりはなかった」

初菜はへたり込んだ。借り物の大事な短刀を損ねないよう鞘にしまわなくては、と頭ではわかっているのに、体が動かない。今さらになって震えが来た。

大沢が初菜の前に膝をついた。その右手がそっと初菜の肩に触れた。けががもとで力の入らないほうの手だ。動きがぎこちないのを気にしてか、袖の内側に隠していることも多いのに。

あえて弱いほうの手で触れたのは、きっと初菜のためだろう。もしも嫌だと感じたなら、女の力でもたやすく振り払える。

初菜は大沢の手に、己の震える手を重ねた。

「大丈夫です。間に合いましたから」

目明かしの充兵衛がひょっこりと顔をのぞかせた。足音と気配を察した大沢が、ものすごい勢いで初菜から離れて振り向いた。

「充兵衛、こいつを捕縛しろ。いかさま医者の一人、元田杉軒だ。治療のためと偽り、幾人もの女を犯したことがわかっている」

「へい、承知しやした。こいつ、気を失ってんですかい？」

「たぶんな。脇差の峰で盆《ぼん》の窪《くぼ》を殴った。手加減ができなかったんで、目を覚ましても、体がまともに動くかどうかわからんが」

「旦那にしちゃ珍しい。頭に血が上っちまいやしたか。ま、初菜先生の身が危ういってんじゃあ、冷静さを欠いても仕方ありませんや。ささ、悪党の捕縛はあっしらに任せて、旦那と初菜先生は坊やを連れて脱出しちまってくだせえ」

大沢が脇差をしまうのを見て、初菜もようやく短刀を鞘に納めた。草太はすでに目を覚まし、起き上がっている。熱は引かないままだが、自力で歩けそうだ。

初菜の前に、大沢が左手を差し出した。

「立てるか？」

「はい」

素直にその手を握る。力強い手がいくぶん乱暴に引っ張ってくれたおかげで、しゃんと立ち上がることができた。

十

瑞之助は長英とともに、からくりだらけの屋敷の中を駆けた。

格子部屋に至るまでに、三人倒した。三人とも戦い慣れておらず、笛の音を聞きつけて泡を食っている様子だった。出合い頭につかまえ、二人は瑞之助がやわらの術で投げ飛ばし、縄をかけた。あとの一人は、長英が首を軽く絞めると、ぐうの音もなく気を失った。

戸村陵斎および元田杉軒とは、まだ出くわしていない。楢林勘吾の姿もない。

引戸を開けると、まっすぐ向こうまで廊下が延びている。廊下と部屋の境には、障子か襖が立てられる代わりに、格子が設けられていた。

「ここだ」

独り言ちた途端、駒千代も瑞之助に気づいた。

「瑞之助先生！」

格子の向こうで顔を輝かせている。鼻声だ。埃っぽいせいだろう。だが、格子に駆け寄って間近に見たところ、けがはないようだ。

「無事だった？」

「くしゃみが出るほかは、何ともありません。勘吾さんが私をここに閉じ込めたけど、見張りもいないんですよ。隙だらけだ。あの人は嘘つきなだけで、ちっとも怖くないです。それより、見取り図は役に立ちました？」

「もちろんだとも。おかげで、すんなり潜入できた。この格子も、すぐに壊せると大沢さんが言っていたとおりだね」

「もう手を打ってます。ほら、こっち」

駒千代は、隅の低いところの格子を両手でつかんだ。隣り合った二本がぐらぐらしている。

「壊せそうだね」

「大沢さんが小柄を貸してくれたんです。それを使って、この二本の付け根を傷つけておきました」

小柄とは、刀の鞘に付属する小刀だ。飾り物として華奢な品をあつらえている者も多いが、大沢の小柄はまるで大工道具のように造りがしっかりしている。

長英がしゃがんで格子をつかんだ。さほど力をかけずとも、めきめきと音を立てて木材が折れる。小柄な駒千代は腹這《はらば》いになって、するりと廊下に出てきた。

「よかった」

瑞之助は安堵《あんど》のあまり、腰が抜けそうだった。笑みを浮かべたつもりだが、まぶたや頰がひくひくしてしまう。泣き顔に見えるかもしれない。

だが、駒千代はちらりと笑ってみせただけで、奥の納戸を睨んで指差した。

「あの隠し階段を下りたら中庭に出て、いちばん奥の建物に行けます。戸村陵斎はそこにいると思います」

長英が拳を固めた。

「あいつ、今は陵斎なんて名乗っていやがるんだな。落ちこぼれがよ、汚ねえ手を使って人を騙しやがって、蘭方医の風上にも置けねえ！」

駒千代が勢いよく納戸を開けた。階下へ向かう階段が現れる。暗がりをものともせず、真っ先に踏み込んだのは長英だ。駒千代が続き、瑞之助が後を追う。

階段を下りると、駒千代の言うとおり中庭に出た。しかし、進むべき方角は板塀にさえぎられている。板塀の向こうから人の声がした。

「何をしておる！　何が起こっておるのか答えんか！　この、ど、泥棒め！」

老いた男が怒鳴っている。呂律が回っていない。酒に酔っているというより、中風からの快復後に残る痺れや、それに類するものではないか。

「塀の向こう側にも患者がいる？」

「瑞之助先生、この板塀も動かせるはずです。前にここを通ったときは、こんなものなかった。どうなってるんだろう？」

長英が数歩下がった。

「面倒くせえ。大して厚くもねえ板っきれだぞ。仕掛けを動かすより壊すほうが早い」

意図を察し、瑞之助も長英に並ぶ。呼吸を合わせて踏み込み、肩から体当たりした。二人ぶんの重みと勢いを支えきれず、板塀はあっさり倒れる。

瑞之助と長英は跳ね起きた。

どっしりとした造りの平屋が建っている。なまこ壁に黒々とした瓦、商家らしく広々とした戸口。さほど大きくはないものの、しつらえが実に立派だ。通りに面していれば、さぞや人目を惹くだろう。

駒千代が指差した。

「ここで戸村陵斎と会いました。陵斎の部屋の奥にも、誰かがいる気配がありました」

瑞之助は重々しい戸を開けた。

踏み込んだ部屋は西洋風にしつらえられていた。だが、玉石の部屋と比べると、何ともみすぼらしい。赤い絨毯も、その上に置かれた長椅子も、本物の舶来品ではあるまい。本物を知らない者が、見よう見真似《みまね》でこしらえたのだろう。

奥のほうから、どたばたと大きな音が聞こえる。次いで、誰かが走り去る物音がした。

「だ、誰か！　誰かおらんのか！　あやつを止めろ！」

悲鳴のような声は、先ほども聞こえた、患者とおぼしき男のものだ。

瑞之助たちは廊下に飛び出した。開け放たれた裏口に、ちらりと、小太りの後ろ姿が見えた。

長英が走りだす。

「待て、戸村ァ！」

逃げた者の追跡は長英に任せ、瑞之助は奥の部屋に入った。

畳敷きの部屋の真ん中に寝台がある。その上で、でっぷりと太った老人がわめいていた。

「いかさま医者めが、尻尾《しっぽ》を出しおった！　泥棒だ！　つかまえろ！」

老人の両脚はそれぞれ、大振りの枕の上に投げ出されている。節々が異様に腫れ上がり、ところによっては肌が破れて膿がにじんでいる。汗と膿と、ほかにもいろいろと混じったにおいが、部屋にこもっている。

「この腫れが、ガウトという病か。でも、それだけじゃないな。もしかして、消渇？　目が白く濁りかけている」

老人がようやく瑞之助と駒千代の姿を認めたようだ。

「な、何だ、おまえたちは！　いかさま医者の手先の者か？　儂を殺しに来たのか？　さ、させんぞ！　おまえたちの好きにはさせん！」

老人がばたばたと腕を振り回す。その手も節々が腫れ上がっている。わめいて身を震わせるたび、寝台がぎしぎしと音を立てる。

駒千代がくしゃみをした。この部屋は駒千代にとって望ましくない。においがこもり、埃が舞っている。だが、駒千代は怯むことなく飛び出していって、老人のそばにかがんだ。

「お爺さん、落ち着いて。暴れちゃ駄目です。ここから落ちたら大変ですよ。足、痛むんでしょう？　戸村陵斎がお爺さんの大事なものを持ち逃げしたの？」

「金目のものを掻き集めていきおった！　妻の形見もだ」

瑞之助は老人を見下ろした。

「あなたが八郎兵衛《はちろべえ》さんですね」

「そうじゃ。早《はよ》う、あのいかさま医者を連れてこい！」

「戸村陵斎と元田杉軒は、病を治せると言ってあなたに近づいたんですね。今、この屋敷で何がおこなわれているか、あなたもご存じですか？」

「知らん」

「わかりました。戸村陵斎をつかまえてきます。駒千代さん、この人を頼む」

駒千代がうなずくのを確かめて、瑞之助は裏口へ向かった。

長英はすでに、逃げた男を取り押さえていた。風呂敷包みがほどけ、中に詰め込まれていた品が地に転がっている。上等そうな漆塗りの箱や金銀細工の小間物などが見えた。

「やはりその人が、長英の友だったという戸村五十五郎？」

ああ、と長英はうなずいた。

「戸村が黒幕だったんだ。いかさま医者め！」

大柄な長英に押さえ込まれ、陵斎は身動きもとれない。武家の生まれだという が、締まりのない体だ。もう鍛練などしていないのだろう。

「い、いかさまなんかじゃない！　俺がこの手で治した患者が大勢いる。か、感謝されて、稼いでいるんだぞ。おまえのようなみすぼらしい新米医者なんかとは、俺は格が違うんだ！」

「黙れ！　医者を名乗っておきながら患者を見捨ててんじゃねえ！　しかも患者のものを奪って自分だけ逃げようって、その根性が赦せねえ」

ふと、軽やかな足音が近づいてくる。振り向けば、登志蔵と広木だ。各々の手に抜身の刀があるが、傷を負った様子はない。

「おお、長英、お手柄じゃねえか！」

「さらわれていた子供は見つかったか？」

瑞之助は広木に答えた。

「駒千代さんは無事です。今、その建物の中で、取り残された患者の付き添いをしてくれています」

「患者というのは、唐栗屋のかつての主、八郎兵衛だな。姿を見ていないという話だったが、やはり生きてはいたわけか」

広木の合図を受け、捕り方たちが八郎兵衛の住まいへ入っていく。長英の体の下で、陵斎が「ちくしょう！」と吠えた。

勘吾は逃げもせず、一室で呆然《ぼうぜん》と座り込んでいたという。大沢が見つけて捕縛した。

駒千代をかどわかした件と蛇杖院からコルチカムを盗んだ件については、言い逃れできない罪である。奉行所の捕り方に引っ立てられても、勘吾はなお呆然として口を開かなかった。

勘吾の顔にわずかながら生気が戻ったのは、表に引き出されたときである。

人垣の最前列に、玉石がいた。

「たま姉さま……」

玉石は静かな目で勘吾を見つめ、黙ってかぶりを振った。玉石の左右には、桜丸と春彦が控えていた。桜丸の、ぞっとするほど美しい顔をちらりと見て、勘吾は面を伏せた。春彦が半歩前に出て、玉石を庇うように腕を伸ばした。

瑞之助が目撃したのはそれだけだ。

勘吾は捕り方によって連れていかれた。

十一

あの大捕物から五日経った。

駒千代も奉行所で証言をしてきたというので、今日はオランダ語も蘭学もそっちのけで、泰造は捕物の話に夢中になっている。

「俺も捕物の加勢をしたかったたな」

唇を尖らせる泰造の頭を、登志蔵がはたいた。

「前髪も剃ってねえ子供を連れていけるか。でかい口を叩くのは、せめて下の毛が生《は》え揃《そろ》ってからにしろ」

「登志蔵さん、そういう品のない言い回しを駒千代に聞かせんなよ。叱られるのは瑞之助さんなんだぞ」

「俺が叱られないんなら問題ねえ」

瑞之助と駒千代は顔を見合わせて笑った。喜美が頬を膨らませて文句を言う姿が、瑞之助の脳裏にありありと浮かんでいる。きっと駒千代もそうだろう。

駒千代は、奉行所で聞いてきたばかりの話を披露した。

「奉行所の探索は、捕物から五日経ったけれど、なかなか進まずにいるんだって。いかさまを企《くわだ》てて、藁にもすがる思いの患者さんからお金を巻き上げたのは罪だ。でも、治った患者さんもいた。それで、罪を免じてほしいという嘆願と付け届けも、少なからずあるらしくて」

「それが探索や裁きの妨げになっているのか」

「だって、瑞之助先生、仕方ないんです。奉行所には、医術に詳しい人があまりいないから。特に西洋の医術なんて、わかるわけがない。元田杉軒が杉田塾から持ち出した手書きの医学書も、読み解ける人がいなくて」

「結局、春彦さんが駆り出されることになったんだよね」

「はい」

　登志蔵が苦い顔をしている。

「医術について知らねえために難儀するのは、奉行所の連中に限らねえ。日ノ本じゅうの民のほとんどがそうさ。せめて手習いの一つとして、手前の体の中にどんな臓器があるとか、そういう基本のところを押さえててくれりゃあ、患者にも説き聞かせやすくなるんだが」

　それについては瑞之助も賛成だ。医者になることを志してから初めて知ったことが多すぎる。

「前に岩慶さんが、獣を狩ったり魚を捕ったりする暮らしをしている人々は、生き物の体の中を見たことがあるから、病やけがの治療のときに話が通じやすい、というようなことを言っていましたね」

「その点、江戸の民は危ういよなあ。それに、江戸では、金を出せば出しただけの贅沢ができるだろ。だから、医術もそういうもんだと思っちまうんだろうな。金を積んだら特別な医術を受けられると考える金持ちもいる。でもな、医者にできることには限りがあるんだ」

「ええ。高価な薬というのも、確かにありはしますが」

「今の世の医術は未熟だ。医者は手を尽くすが、できないことだらけだよ。無力さを嘆きながら、こつこつやってくしかねえ。大金を払いさえすれば完璧な医術を施せる、自分は奇跡の医者だなんて謳《うた》う輩がいたら、そいつはいかさまだ」

奉行所に出入りする春彦が言うには、戸村陵斎、元田杉軒、そして楢林勘吾の三人は江戸と関八州および長崎からの所払《ところばら》いに落ち着くのではないかという。

広木はより厳しい罰を求めたそうだが、どうやら袖の下がものを言ったらしい。

勘吾はすでに通詞見習いという役を解かれていた。駒千代をさらったのは、長崎に連れ帰ってシーボルトに差し出すためだったようだ。シーボルトに取り入ることができれば春彦に勝てる、いちばんになれると思った、と白状した。

駒千代はこれについて、初耳だと驚いたらしい。

「ちゃんと話してくれたら、力を貸せるところは貸したのに。勘吾さんって、何だか難しい人ですよね。ちょっとだけ、何かがずれているというか、話がつながっているようで、どこかちぐはぐというか。勘吾さんと話していると、そんな感じがしました」

立場も肩書もなくなった勘吾への差し入れは、春彦が持っていった。玉石は何もしなかったそうだ。

長英は蛇杖院を出て、自分の治療院を開く支度に奔走している。一度は陵斎に奪われた京橋鈴木町の仕舞屋を、改めて借りることができたのだ。

手伝おうか、と瑞之助が申し出ると、長英は少し考えてから、かぶりを振った。

「兄者と一緒では、どうしても甘えちまう。俺は、自分の力で切りひらいていきたいんだ。でも、兄者とはときどき飯を食ったり酒を飲んだりしたい」

もちろんいいとも、と答えると、長英は嬉しそうに笑った。

蛇杖院の日々はもとに戻っている。

人妻の扮装をした初菜だったが、鉄漿はあれきり塗っておらず、白い歯に戻った。眉を描く化粧もしているらしく、すっかりもとどおりだ。

ところで、元田杉軒と対峙《たいじ》したときは、大沢が柄にもなく熱くなっていたらしい。それは一体、なぜだったのか。

そのあたりのことは、岡目八目《おかめはちもく》というものだろう。泰造や駒千代のほうが、当の初菜よりも勘がいい。

「でもさ、好いた人が自分の妻の役を演じるって、恥ずかしすぎない？」

「だよな。大沢の旦那、どんな気持ちだったんだろう？　いいところを見せようって魂胆《こんたん》だったとして、その意味じゃ、うまくいったんだよな」

「なのに、何ひとつ変わらなかったんだよ。ひょっとして、初菜先生には、ほかに誰かいるの？」

「いないはず。やっぱ、大沢の旦那がどうにかすべきだろ。そういう気持ちがあるんなら、正々堂々とさ。だって、ちゃんと言わなきゃ伝わらねえし、女のほうからは言えないこともあるだろうし、それに男は……」

長広舌を振るいかけた泰造だったが、駒千代と登志蔵が客間の戸口のほうを向いたので、つられて振り返った。あ、と言って声が止まる。

お茶を運んできたおふうが、目を丸くして立っている。

泰造とおふうが互いに口を利かないままなのは、瑞之助も知っている。泰造の様子があまりにじれったいというので、登志蔵が湯屋であれこれ言い聞かせていたらしい。朝助からこっそり耳打ちしてもらった。

おふうは黙って頭を下げ、部屋に入ってきた。そつのない仕草で茶器をターフルに置き、香りのよい薬草茶を全員ぶん注ぐと、一礼して去っていく。

その間、誰も口を開かなかった。泰造が何か言うのを、瑞之助も駒千代も登志蔵も待っていた、というのが正確なところである。肝心の泰造が無言だったのだ。

香りのよい湯気が鼻をくすぐる。

駒千代が黙ったまま、ばしんと泰造の肩を叩いた。弾かれたように立ち上がった泰造が、一歩、前に出る。だが、そこで立ち尽くす。今度は登志蔵が、泰造の尻を蹴飛ばした。

「とっとと行け。振られたら、骨くらい拾ってやる」

「うるせえ」

吐き捨てて、泰造は走って客間を出ていった。

くすくすと駒千代が笑いだす。

「泰造、声が震えてた。振られるはずないのにな」

「こうも大っぴらにされて、恥ずかしいんだろ。青いよなあ」

登志蔵につられて、瑞之助もつい、にやにやと笑ってしまった。淹れてもらった薬草茶で口を湿し、壁に掛けられた時計を見る。未《み》の刻（午後二時頃）だ。

「そろそろ出たほうがいいかな。駒千代さん、今日は申し訳ないけれど、私はこれで」

「急に出掛けることになったんですっけ。どこへ行くんですか？」

「深川清住町。正吉っちゃんの最後の見送りをしに、ね」

薬草茶を飲み干して席を立つ。登志蔵が言った。

「草太とも顔を合わせるだろ。よろしく言っといてくれ」

「はい。見送りの後、その足で西永町の光鱗寺《こうりんじ》へ墓参りに行くつもりです。ちょっと遅くなるかもしれないので、皆にそう伝えておいてください」

部屋を出ると、廊下の隅で泰造とおふうが話していた。後ろ姿の泰造も、うつむいているおふうも、こちらに気づかない。瑞之助は足音をひそめ、逆側の扉から外へ出た。

晩秋の高く晴れた空の下、深く息を吸って吐く。

「十歳か……」

正吉のために何もできなかったとは言わない。だが、病を治してやることはできなかった。正吉は眠ったまま旅立っていった。

医者として生きていく限り、幾度もこの悔しさを嚙み締めることになるだろう。鼻の奥がつんと熱い。固く握った拳の内側で、掌に爪を突き立てる。

冬の訪れを感じさせる風が吹き抜けた。
瑞之助は顔を上げ、まっすぐに前を向いて歩きだした。

一〇〇字書評

切り取り線

評

購買動機（新聞、雑誌名を記入するか、あるいは○をつけてください）	
□（　　　　）の広告を見て	
□（　　　　）の書評を見て	
□ 知人のすすめで	□ タイトルに惹かれて
□ カバーが良かったから	□ 内容が面白そうだから
□ 好きな作家だから	□ 好きな分野の本だから

・最近、最も感銘を受けた作品名をお書き下さい

・あなたのお好きな作家名をお書き下さい

・その他、ご要望がありましたらお書き下さい

住所	〒				
氏名		職業		年齢	
Eメール	※携帯には配信できません		新刊情報等のメール配信を 希望する・しない		

この本の感想を、編集部までお寄せいただけたらありがたく存じます。今後の企画の参考にさせていただきます。Eメールでも結構です。

いただいた「一〇〇字書評」は、新聞・雑誌等に紹介させていただくことがあります。その場合はお礼として特製図書カードを差し上げます。

前ページの原稿用紙に書評をお書きの上、切り取り、左記までお送り下さい。宛先の住所は不要です。

なお、ご記入いただいたお名前、ご住所等は、書評紹介の事前了解、謝礼のお届けのためだけに利用し、そのほかの目的のために利用することはありません。

〒一〇一-八七〇一
祥伝社文庫編集長　清水寿明
電話　〇三（三二六五）二〇八〇

祥伝社ホームページの「ブックレビュー」からも、書き込めます。
www.shodensha.co.jp/bookreview

祥伝社文庫

詐《いつわり》 蛇杖院《じゃじょういん》かけだし診療録

令和 7 年 1 月 20 日　初版第 1 刷発行

著　者　馳月基矢《はせつきもとや》
発行者　辻　浩明
発行所　祥伝社《しょうでんしゃ》
東京都千代田区神田神保町 3-3
〒 101-8701
電話　03（3265）2081（販売）
電話　03（3265）2080（編集）
電話　03（3265）3622（製作）
www.shodensha.co.jp
印刷所　堀内印刷
製本所　ナショナル製本
カバーフォーマットデザイン　中原達治

Printed in Japan ©2025, Motoya Hasetsuki　ISBN978-4-396-35091-8 C0193

祥伝社文庫の好評既刊

馳月基矢
伏竜《ふくりゅう》 蛇杖院《じゃじょういん》かけだし診療録

「あきらめるな、治してやる」力強い言葉が、若者の運命を変える。パンデミックと戦う医師達が与える希望とは。

馳月基矢
萌《もゆる》 蛇杖院《じゃじょういん》かけだし診療録

因習や迷信に振り回され、命がけとなるお産に寄り添う産科医・船津初菜の思いと、初菜を支える蛇杖院の面々。

馳月基矢
友 蛇杖院《じゃじょういん》かけだし診療録

蘭方医の登志蔵は、「毒売り薬師」と濡れ衣を着せられ姿を隠す。亡き者にと二重三重に罠を仕掛けたのは？

馳月基矢
儚《はかな》き君と 蛇杖院《じゃじょういん》かけだし診療録

見習い医師瑞之助の葛藤と、悲惨な境遇を乗り越えて死地へと向かう患者の決断とは⁉ 涙を誘う時代医療小説！

馳月基矢
風 蛇杖院《じゃじょういん》かけだし診療録

重篤な喘息に苦しみ会話すらままならない患者の治療に、新米医師・瑞之助は疲弊する。やがて患者が姿を消し……。

澤見 彰
鬼千世先生 手習い所せせらぎ庵

この世の理不尽から子どもたちを守る。牛込水道町の「鬼千世」と恐れられる手習い所師匠と筆子の大奮闘。

祥伝社文庫の好評既刊

澤見　彰
だめ母さん　鬼千世先生と子どもたち
子は親を選べない。とことんだらしない母を護ろうとする健気な娘に寄り添う、手習い所の千世先生と居候の平太。

澤見　彰
走れ走れ走れ　鬼千世先生と子どもたち
算術大会に出たい。亀三の夢を応援する仲間の想いが空回りして……。筆子たちの熱い友情と、見守る師匠の物語。

五十嵐佳子
女房は式神《しきがみ》遣い！　あらやま神社妖異録
町屋で起こる不可思議な事件。立ち向かうは女陰陽師とイケメン神主の新婚夫婦。笑って泣ける人情あやかし譚。

五十嵐佳子
女房は式神《しきがみ》遣い！　その2　あらやま神社妖異録
衝撃の近所トラブルに巫女の咲耶と夫で神主の宗高が向かうと、毛並みも麗しい三頭の猿が出現し……。

五十嵐佳子
女房は式神《しきがみ》遣い！　その3　踊る猫又　あらやま神社妖異録
音楽を聴くと踊りだす奇病に罹った化け猫と、人に恋をしてしまった猫又の運命はいかに⁉　あやかし短編集！

あさのあつこ
にゃん！　鈴江三万石江戸屋敷見聞帳
町娘のお糸が仕えることなった鈴江三万石の奥方様の正体は――なんと猫⁉　抱腹絶倒、猫まみれの時代小説！

祥伝社文庫の好評既刊

あさのあつこ
天を灼《や》く
父は切腹、過酷な運命を背負った武士の子は、何を知り、いかなる生を選ぶのか。青春時代小説シリーズ第一弾！

あさのあつこ
地に滾《たぎ》る
藩政刷新を願い、追手の囮となるため脱藩した伊吹藤士郎。異母兄と共に江戸を目指すが……。シリーズ第二弾！

あさのあつこ
人を乞《こ》う
政の光と影に翻弄された天羽藩上士の子・伊吹藤士郎と異母兄・柘植左京。父の死を乗り越えふたりが選んだ道とは。

西條奈加
御師弥五郎《おんしやごろう》 お伊勢参り道中記
無頼の御師が誘う旅は、笑いあり涙あり、謎もあり――騒動ばかりの東海道をゆく、痛快時代ロードノベル誕生。

西條奈加
六花落々《りっかふるふる》
「雪の形を見てみたい」自然の不思議に魅入られて、幕末の動乱と政に翻弄された古河藩下士・尚七の物語。

西條奈加
銀杏手《ぎんなんて》ならい
手習所『銀杏堂』に集う筆子とともに成長していく日々。新米女師匠・萌の奮闘を描く、時代人情小説の傑作。

祥伝社文庫の好評既刊

佐倉ユミ
螢《ほたる》と鶯《うぐいす》 鳴神《なるかみ》黒衣《くろご》後見録
鳴神座に拾われた男は、裏方として舞台を支える役をもらう。だがその前途は多難で——芝居にかける想いを描く。

佐倉ユミ
ひとつ舟 鳴神《なるかみ》黒衣《くろご》後見録
見習い黒衣の狸八は、肝心の場面でしくじってしまう。裏方として舞台を支える中で見つけた、進むべき道とは？

佐倉ユミ
華ふぶき 鳴神《なるかみ》黒衣《くろご》後見録
鳴神座にかけられた四半世紀前の呪い。若き役者と裏方たちは因縁の芝居を成功させるため、命を懸けて稽古する！

武内 涼
不死鬼《ふしき》 源平妖乱《げんぺいようらん》
平安末期の京を襲う血を吸う鬼を狩る《影御先》。打倒平家を誓う源義経と手を組み、鬼との死闘が始まった！

武内 涼
源平妖乱《げんぺいようらん》 信州吸血城
多くの仲間の命を代償に京から殺生鬼を一掃した義経たち。木曾義仲の援護を受け、吸血の主に再び血戦を挑む！

武内 涼
源平妖乱《げんぺいようらん》 鬼夜行《おにやこう》
古えの怨禍を薙ぎ払え！ 義経、弁慶、木曾義仲らが結集し、妖鬼らとの最終決戦に挑む。傑作超伝奇、終幕。